学園の姫攻略始めたら修羅場になってた件

かわいさん

GA文庫

プロローグ 005

第一話
風の妖精 009

閑話
妖精の独り言 063

第二話
土の女神と火の姫王子 073

閑話
女神の独り言 133

閑話
姫王子の独り言 143

第三話
氷の姫君 153

閑話
姫君の独り言 213

第四話
氷の女王 223

閑話
女王の独り言 269

第五話
闇の聖女 279

閑話
聖女の独り言 329

カバー・口絵　本文イラスト
うなさか

プロローグ

イケメンには勝てない。

俺《おれ》――神原佑真《かんばらゆうま》がこの世の真理に気付いたのは人生二度目の恋に破れた時だった。初恋に続いてイケメンに敗北し、気付かされた。

初恋の相手は幼なじみ。

親同士が仲良しということもあり、幼い頃から家族ぐるみで仲良くしていた。昔は妹のような感覚で接していたが、小学校を卒業する頃には恋心に変化していた。

告白したら付き合えるかもしれない、と当時は本気で思っていた。

しかし現実は甘くなかった。

中学生になって一年が経過した頃、あいつに彼氏がいるという噂が広まった。噂の相手はイケメンと有名な先輩で、実際にその先輩と楽しそうにショッピングしている姿を見かけたことで確信に変わった。

幸せそうなあいつの姿を見て、初恋は終わった。

初恋が終わった段階では真理に気付けなかった。当時は努力が足りないと結論に至った。

だから必死で努力した。肉体を鍛え、苦手だった勉強にも力を注《そそ》いだ。雑誌やネットで情報を収集し、おしゃれの勉強をした。

自分磨きを始めてからしばらくして、俺は人生二度目の恋をした。

相手はクラスメイトの少女。

苦い初恋の経験から受け身ではダメと理解していたので積極的に行動した。特に用事もないのに話しかけ、休みの日には遊びに誘い、放課後は偶然を装って一緒に下校しようとしたり、彼女と付き合いたい一心で行動した。

関係は良好だった。

もしかしたら付き合えるのではないか、と淡い期待を抱いていた。

身の程をわきまえない愚か者は再び現実を叩《たた》きつけられる。

ある日、隣の中学にイケメンが転校してきたという噂が広がった。片想いしていた少女はそのイケメンと接触し、あっという間に虜《とりこ》となった。

こうして二度目の恋も終わった。

この連敗によって愚か者は嫌でも気付かされた。

『イケメン最強』

『世の中は見た目がすべて』

『ただしイケメンに限る』

勉強とか運動がいくら出来てもイケメンには手も足も出ない。大人になったら金の力で対抗できると聞くが、それなら最強は金持ちのイケメンだ。同じ金持ちならブサメンよりもイケメンが勝利するに決まっている。

結局のところ人間ってのは生まれた時に勝ち負けが決まる生き物だ。親ガチャという言葉が定着したように、誕生した瞬間に勝敗が決定している。

どれだけ頑張っても勝てないのなら最初から勝負しないのが利口な生き方だ。早いうちに現実の壁にぶち当たれたのはむしろ幸せだろう。

利口になった俺は自らの敗北を受け入れ、現実世界の恋愛を諦《あきら》めた。

それからはゲームにアニメといった自分の世界に没頭するようになった。

好きなことをしていると時間の経過は早いらしい。いつの間にか中学を卒業し、高校生活も二度目の夏休みを終えていた。

高校生になっても変化はない。

学校では目立たない男子生徒であり、女子には見向きもされない。平凡なモブキャラとして生活していた。

現実のほうは何も変わらなかったが、自分の世界では様々な変化があった。

とあるネットゲームにハマり、ゲーム内で愛する嫁が出来た。VTuberに興味を持ち、推しに認知された。

日々の生活は充実していた。このまま現実では何事もなく平和に過ごし、自分の世界で楽しみながら高校時代を終えよう。

そう思っていた新学期初日の夜。

「ねえ、兄貴に頼みがあるんだけど」

時刻は推しの配信を見ていた夕方。

「先に言っとくけど、これは強制だから。もし断ったら兄貴の人生終わっちゃうから、そこんとこよろしく」

脅迫めいた妹の言葉に負け犬の物語は動き出した。

第一話
風の妖精

物騒な脅し文句を並べて部屋に入ってきた一つ年下の妹、神原彩音《かんばらあやね》はベッドの上に座った。

「……相変わらず気持ち悪い部屋」

ぐるりと室内を見回すと、どこか呆《あき》れたような顔で言いやがった。

その発言は心外だ。部屋にはフィギュアやらグッズはあるものの、部屋の一角に置いてある程度だ。主張の強いグッズは持っていない。

しかし、こいつが俺《おれ》に頼みとはな。

彩音が部屋に来るのは久しぶりだ。昔はそれなりに仲のいい兄妹だったが、彩音が中学生になってしばらくしてから会話も少なくなった。俺が自分の世界に閉じこもってからは家で顔を合わせる度に嫌な顔をされたものだ。

「で、わざわざ新学期初日にどうしたんだ。物騒な言葉を並べていたが」

さっさと話を終わらせるために切り出すと、彩音は思い出したように。

「話をする前に確認しておきたいんだけど」

「確認？」

「あたしの可愛《かわい》さについて。ほら、あたしってめちゃくちゃ可愛いでしょ？」

自分で言うのはどうかと思うが、可愛いのは認めるところだ。

身内だからと贔屓《ひいき》しているわけではない。性格はお世辞にも褒められたものではないが、見た目だけは本当に可愛いから仕方ない。

今年から高校生になった彩音は高校生に見えないくらい小柄だ。顔立ちも幼く、ランドセルを背負えば現役《げんえき》で通用するかもしれない。声だって舌足らずで子供っぽさを強調している。

「まあ、一般的には可愛い部類だろうな」

余計なことを言ったら面倒になるので適当に答えておく。

「よくわかってるじゃん。そう、あたしってば可愛いんだよ。そんなあたしが〝姫〟じゃないとかありえなくない？」

「……」

その言葉を聞いて嫌な予感がした。

俺と彩音は姫ヶ咲《ひめがさき》学園という高校に通っているのだが、この高校には名物イベントが存在する。

姫ヶ咲学園総選挙。

察しのいい人は名前を聞いてピンときただろう。このイベントは学園に通う女子生徒を対象にした人気投票であり、某国民的アイドルグループの影響をモロに受けたものである。

学園公認の行事ではなく、新聞部主催の非公式イベントだ。

イベントの目玉はランキング上位に与えられる称号にある。

某アイドルグループの総選挙では上位に輝いたメンバーは〝神7《セブン》〟と讃《たた》えられた。この称号は世間に浸透し、大きな話題となった。

『向こうが〝神7〟ならこっちは〝姫6《シックス》〟よ』

発案者はそう掲げて総選挙を開催した。

これが何故《なぜ》か生徒達にウケ、現在では名物イベントとして定着した。

本家と人数が異なるのは向こうが神だからだ。こっちは姫ヶ咲学園だから〝姫〟という称号になり、神に上位を譲ったから人数を減らしたらしい。謎《なぞ》の気遣いである。

総選挙は毎回学期末に行われ、結果は学校新聞に掲載される。

当初は全順位を発表していたらしいが、一部生徒が猛反発したので現在はトップテンだけが発表されている。

興味がなかったので入学までこのイベントについて知らなかったのだが、ランキングを知った時に思った。

発表は姫の称号が与えられる順位だけで良くね？

現在進行形でそんな疑問を抱いているわけだが、これには理由があるらしい。不正が行われていない証拠として十位まで発表されている。学校新聞には投票数も掲載されており、清廉潔白をアピールしているわけだ。

不正をしていないアピールはいいが、これによってある問題が生じた。

そう、惜しくも姫の座を逃した女子生徒が枕《まくら》を濡《ぬ》らすという問題が。

彩音は夏休み前に行われた総選挙で七位だった。

小柄で童顔の彩音は特定の層から爆発《ばくはつ》的な人気を集めているのだが、姫の称号が与えられる順位にはわずかに届かなかった。

　姫になることを熱望していた彩音は発狂した。自分が姫入りする可能性が高いと考えていたようで、夏休み序盤はそりゃもう荒れまくっていた。部屋から叫び声が聞こえ、目が合ったら理不尽な罵倒をされたものだ。

「ムカつくから姫になりたいの」

「……じゃあ、俺にしたい頼みってのは？」

「あたしを姫にして」

　予想通りの展開にため息が漏《も》れる。

「無茶言うな。てか、おまえは可愛いんだから待てばいいだろ」

「はぁ？」

「今年は無理かもしれないが、来年なら可能性あるだろ」

　慰めたつもりだったが、彩音の目が鋭くなる。

「来年まで待って勝算あると思ってんの？」

「っ、そうだったな。悪い」

　発言した直後で自分の迂闊《うかつ》さに気付いた。

　現在の姫に最上級生はいない。つまり、来年まで待っても事態は好転しない。むしろ新入生の登場で順位が下がる可能性が高い。

「まあいいわ。ってわけで、あたしを姫にしてちょうだい。具体的には次の総選挙までに」

「無茶言うなよ。大体、俺が手伝うメリットないだろ」

「あっそ。だったら、兄貴の秘密をバラしちゃうから」

彩音は邪悪な笑みを浮かべた。

「お、俺にバラされて困る秘密なんてないぞっ！」

「兄貴が気持ち悪いオタク野郎だってバラすけどいいの？」

脅してきたからどんな弱みを握っているかと思えばその程度か。

最近ではオタクも人権を得ている。大人から子供までアニメを鑑賞している時代だし、ソシャゲにハマっている中高生は山ほどいる。テレビではコスプレイヤーが登場し、動画サイトではVTuberが大人気ジャンルだ。

この程度は秘密の範疇《はんちゅう》ではない。

そもそも俺は物静かで大人しい生徒だ。周囲から陰キャオタクのイメージで見られているだろう。この程度では脅しにならない。

「ただのオタクならそうだけど、兄貴ってやばい奴《やつ》じゃん」

「どこがだよ」

「へえ。これ見ても同じこと言えるの？」

彩音はにやにやしながらスマホの画面を見せてきた。

表示されているのはまとめサイトだった。

何度か見たことがあるサイトだ。アニメにゲームといったサブカル系のサイトで、最近では特にVTuber関連の記事が多い。

彩音が表示したそのページのタイトルは——

「読めないなら読んであげる。タイトルは『個人勢の配信でえげつない長文ニキ発見したｗｗｗ』って書いてあるわね」

「ちょっと貸せ！」

彩音からスマホを奪い、記事を追っていく。

その記事は長文でVTuberに投げ銭をした奴を馬鹿《ばか》にしたものだった。冒頭には投げ銭コメントのスクショがあった。

『いつも配信してくれてありがとね。最近はフェニちゃんに感謝するのが日課になりつつあるよ。それで本題だけど、元気出してほしいな。確かに親友からの告白なんてビックリする体験だよね。しかも相手は同性だし。けど、しっかり考えて答えを出してあげてほしいんだ。どんな答えでもちゃんと考えて答えを出すのが大事だと思うから。まあ、俺は告白したこともされたこともないんだけどね。全然説得力ないし頼りないと思うけど、俺で良かったらいつでも相談に乗るからね。俺はいつでもフェニちゃんの味方だから』

長文投げ銭を送った奴のアカウント名は【ヴァルハラ】だ。

こいつの正体は俺である。

ガクガクと体が震える。

あの時は一種のトランス状態で自分のコメントなんて特に気にしていなかったが、こうして改めて見ると相当に気持ち悪い。てか、長文なのに全然中身がない。

画像は他にもあり、同じような長文投げ銭が晒《さら》されていた。

「ありえないでしょ。キモイってレベルを通り越して、もう気持ち悪いわね」

「意味同じだろっ！」

高校生になってVTuberにハマった俺は投げ銭を覚えた。自分のコメントを拾ってもらえる快感に目覚めてしまったのだ。

今ではバイト代の半分以上が投げ銭に消えている。むしろ投げ銭とネトゲのためにバイトをしていると言ってもいい。

「これ、バラされたら人生終わっちゃうね？」

想像してみる。

間違いなく平穏な生活はぶっ壊れるだろう。あだ名は「長文ニキ」になり、それはもうあちこちから馬鹿にされるはずだ。

「本題に戻るわ。あたしを姫にしてくれたら黙っててあげる」

「……宣伝でもすればいいのか？」

「兄貴が宣伝したって意味ないでしょ。あたしだって自分を売り込むアピールはしてるから」

「じゃあ、何をすればいいんだ？」

彩音は邪悪な笑みを浮かべたまま。

「姫を口説《くど》いてほしいの。兄貴の好きなゲーム風に言うと、攻略してほしいんだ」

攻略？

「姫の誰《だれ》かと付き合ってくれればいいの。彼氏が出来ると人気ガタ落ちでしょ。そうすればあたしが繰り上がるってわけ。兄貴には彼女が出来るし、あたしは念願の姫になれる。どっちも得する公平な取り引きでしょ？」

脅しておいてどこが公平だよ。

グッドアイデアっぽく言うが、残念ながらこの取り引きは成立しない。

「不可能だな」

「どして？」

「口説けるわけないだろ。攻略不能なゲームはクソゲー以前に未完成品だ」

俺のような敗北者が姫として崇められる超人気美少女を攻略するなど夢のまた夢だ。それが出来るのならそもそも恋愛を諦《あきら》めちゃいない。

「ふーん、嫌なんだ。だったらバラしていいの？」

「ぐっ」

「最悪、付き合わなくてもいいわ。仲良くしてくれるだけでも効果あるし。彼氏いるかもって噂になるだけでダメージ大きいでしょ。男友達と仲良くしてるだけでも票数削れるはずだし」

簡単に言いやがる。

「それでも無理だ。大体、俺には接点がない」

「そうでもないでしょ。今日の席替えでいい席を引いたみたいだし」

「っ、知ってたのか！」

「当たり前でしょ」

だから今日この話を持ちかけてきたわけか。

絶対にやりたくない。

でも、選択肢はない。バラされたら高校生活が終わる。高校生活だけじゃない。情報化社会の現代だ、永遠に残る黒歴史となりかねない。

「やってくれるでしょ？」

黙って頷《うなず》くと、彩音は満足したように笑って立ち上がった。

「じゃあ、明日からよろしくね、兄貴。いいえ、ここはあえてこっちで呼ばせてもらうわ。明日からよろしくね、長文ニキ」

……やかましいわ。

こうして高校二年生の新学期初日。

実の妹に脅され、学園の姫攻略生活が始まった。

私立姫ヶ咲学園はこの辺りでは有名な高校だ。

地域最大の生徒数を誇るマンモス校であり、文武両道を掲げる進学校として知られている。

文武両道といえば聞こえはいいが、実際にはどちらも中途半端《ちゅうとはんぱ》な自称進学校だ。そこそこ頭がよくて、それなりに強い部活が存在する高校と表現するのが正確だろう。

生徒数が多い自称進学校などありきたりだが、有名になった最大の理由は別にある。

女子の制服が可愛いから。

これは理事長の好みらしい。テレビやらネットでやら目にする制服が可愛い高校ランキングでは常に上位だ。

また、制服効果もあってか通っている女子のレベルが高いともっぱらの評判だ。

ちなみに、俺がここに通っている理由は家の近くだから。

制服のデザインとかどうでもいいし、部活だってしていない。勉強に力を入れているわけでもない。

あえて他に入学理由を挙げるとしたら学力的に丁度良かったからである。初恋に破れた後で勉強に力を入れた結果、自称進学校に入る程度の学力を身に付けた。

さて、登校した俺は自分の席で頭を働かせていた。

「……姫攻略ね」

実の妹に脅されて姫を口説くことになったわけだが、恐ろしいほどに気が乗らない。ただでさえ夏休みが明けたばっかかで憂鬱《ゆううつ》なのに最悪だ。

現実的に考えてイケメンでもない俺が姫を口説くとか無理だ。

しかし拒否はできない。

あの秘密が晒されたらまずい。平穏な高校生活は地獄の生活に一変する。それは嫌なので、ここはまじめに考えよう。

まずは状況の把握からだ。

姫ヶ咲学園には〝姫6〟と呼ばれる少女達がいる。彼女達は夏休み直前に行われた人気投票で上位に輝いた、学園が誇る美少女である。

惜しくも七位だった我が妹は姫の称号を狙《ねら》っている。

どうしても姫になりたい彩音が考えた作戦、それは姫に彼氏を作らせて人気を落とすというものだった。

なるほど、あいつも考えたものだ。彼氏が出来れば姫から陥落するだろう。総選挙は人気投票なので彼氏がいれば人気が落ちるのは当然である。

実際、彼氏が出来てから姫の座から陥落した元姫も多い。現在の最上級生に姫がいないのもこれが理由だったりする。

これは噂話だが、過去には姫の座を欲して色々と動きもあったようだ。ライバルの悪い噂を流したり、いじめ紛《まが》いなことをしたりした生徒もいたらしい。それに比べれば愚妹が考えたこの方法は平和的と言えなくもない。

問題は攻略者である俺のレベルが足りない点だけ。

ゲームなら勝てないボスが出現した場合はレベル上げを行うのだが、果たして俺が努力したところで意味があるのだろうか。

などと考えていたら。

「おい見ろよ、女王様が登校してきたぞ」

「相変わらずだな」

「あれ、珍しいな。姫君がいないぞ」

窓から外を見る。

視線は吸い込まれるように、ある少女に向かう。

他にも登校している生徒は大勢いるのだが、視線はその少女から外れない。

周りの生徒が少女の存在に気付くと、道を譲るがごとく端に移動した。開かれた中央を堂々と歩く姿はまさに女王陛下である。

「あっ、姫王子様がいるわよ」

「ホントだっ！」

「今日も素敵ね」

今度は女子が黄色い声を上げる。

視線を向けると、そこには多くの女子が集まっていた。

中心にいるのは中性的な顔立ちの少女。圧倒的な女性人気で姫の座に君臨している少女は大勢の取り巻きを従えていた。その姿は多くの令嬢に囲まれる王子様のようであった。

「おっ、あっちには女神様がいるぞ」

「珍しく姫王子とは別行動だな」

「相変わらず素晴らしい揺れっぷりだ。眼福でござる」

男達の視線が女神と呼ばれる少女のほうに向く。

俺はそこで視線を室内に戻した。

「そういや、聖女様はどこだ？」

「もう登校してるみたいだよ。今日は早かったね」

「マジかよ。拝みに行かないと」

クラスメイトの声を聞き、小さく息を吐いた。

先ほどから出ている「聖女」とか「女王」というのは姫のことだ。

無論、本名ではない。姫に付けられている二つ名だ。姫の座に就くと二つ名が与えられる。名付け親は新聞部だ。

「……やっぱ人気だよな、姫は」

恋愛を諦めた俺はこれまで姫に関して興味はなかった。改めてその人気ぶりに驚く。この分だと狙っている男子は多いだろう。

あれ、ちょっと待てよ。

これって別に俺が口説く必要なくね？

最終的に彩音が姫になればいいわけだし、イケメンが口説き落としてくれても問題はない。むしろイケメンを焚《た》きつけてその気にさせるのはどうだろうか。そっちにアタックさせたほうが勝率が高いはずだ。

「……」

頭を振って冷静になる。

悪くない計画だが、さすがに他力本願すぎる。失敗すれば高校生活が終わってしまう。他人を使うのは悪くない計画だが、ここは自分でも動くべきだろう。

俺には絶対近づきたくない姫がいる。

疎遠になってしまった初恋の幼なじみ。

人生二度目の恋をした中学時代の友人。

因縁あるこの両者も姫ヶ咲学園に進学しており、どちらも圧倒的な人気で姫の座を獲得している。

昨年、姫に選出された時は驚いたものだ。彼女達には彼氏がいると思っていた。上手《うま》く隠しているのか、それとも現在は付き合っていないのか。

その辺は考えてもわからないからどうでもいい。

別にケンカをしているわけじゃないが、下手に近づけば豆腐より脆《もろ》い我がメンタルは崩壊する。

幸いにもどちらも別のクラスなのでこっちから接触しない限りは大丈夫だろう。

狙うなら他の姫だ。

現在の姫は一人を除いてすべて二年生。俺達の学年は黄金世代と呼ばれており、近年まれに見る豊作らしい。

下級生の姫は全く接点がないので狙うのは難しい。

となれば、自然と候補は絞られる。

「おっ、妖精《ようせい》様が登校してきたぞ」

誰かがそう言うので再び視線を窓の外に向ける。

多くの友人に囲まれた少女が歩いている。こちらの視線に気付いたのか、彼女はクラスに向けて手を振った。

このクラスにも姫が存在する。

他の姫と接点がない以上、彼女を狙うしかない。

「夏休みが終わったのは最悪だけど、妖精様を近くで見れるのは最高だよな」

「テンション上がるぜ」

「相変わらず可憐だ。隣の席になりたかったぜ」

そう言った男子がこっちを見る。

このクラスでは一か月に一度、席替えが行われる。そして昨日は夏休み明け最初の登校日であり、恒例となる席替えが実施された。

で、その結果。

「おはよう、神原君」

俺の隣の席は〝風の妖精〟と称される姫だった。


姫ヶ咲学園総選挙第四位・風間幸奈《かざまゆきな》。

彼女に付けられた二つ名は〝風の妖精〟だ。

姫なのに妖精とか意味不明だとツッコミを入れたくなる輩《やから》もいるだろうが、他の姫の二つ名も意味不明なのでスルー安定である。妖精の前に付いている「風」は苗字《みょうじ》が風間だからだ。

現在の姫は全員苗字に属性を表す単語が入っており、二つ名に使用されている。

「あの、神原君？」

「え、あっ、おはよう」

俺と風間に接点はない。

厳密にはクラスメイトという接点はあるのだが、会話した経験はない。単なるクラスメイトであり、それ以上でもそれ以下でもなかった。

彼女については昨年から騒がれていたのでそれなりに知っている。

入学当初は他に圧倒的な美少女達がいたのでそこまで大きな騒ぎにはならなかったが、じわじわと人気を集めていった。

去年の二学期末に姫の座を獲得すると、徐々に順位を上げていく。

妖精と名付けられた所以は彼女が纏《まと》っている雰囲気にある。

風間幸奈は俗にゆるふわ系と呼ばれる女子であり、その性格の良さから着実に人気を高めていった。

いつも笑顔を浮かべ、誰に話しかけられても対応を変えない。相手がイケメンであってもブサメンであっても嫌な顔を見せず対応する。コミュニケーション能力が高く、陽《よう》キャだけでなく陰キャからの評価も高い。

無論、容姿も整っている。

わずかに幼さを残しながらも整った顔立ち、守ってあげたくなる華奢《きゃしゃ》な肉体、笑った際にちらりと見える八重歯。ゆるふわウェーブヘアは彼女の代名詞であり、この髪型がまた妖精感を加速させている。

「そういえば、神原君とは初めて隣の席だね」

「まあな」

「昨日は席替えしてすぐに下校だったから全然喋《しゃべ》れなかったよね。あれ、そもそも神原君とお喋りするのもこれが初めてじゃないかな?」

頷いて答える。

「今まで近くの席にならなかったし、喋る機会なかったもんね」

「席はくじ引きだからな」

「実を言うと、神原君とは前から話してみたかったんだ」

「……俺なんかと話しても面白《おもしろ》くないだろ」

「そんなことないよ。神原君っていつも単独行動してるでしょ。何してるのか気になってたんだ。珍獣の生態を知りたい、みたいな?」

「誰が珍獣だ!」

思わずツッコミを入れると、風間は楽しそうに笑った。

笑顔を浮かべる風間はとても魅力的に映った。まるで妖精が可愛らしいイタズラをした時に浮かべるような笑みだった。

本物の妖精とか知らんけど。

「知りたいといえば、クラスのみんなの変化も気になるよね」

「変化って？」

「夏休み前に比べて随分と変わってるでしょ」

「全然そうは見えないが」

「いや、全然違うよ。委員長とか茶髪になってるよ。彼氏出来たって噂だけど、神原君は聞いたことないかな？」

そいつは初耳だ。

指摘されて見回すと、確かにクラスメイトの様子が若干変化していた。

髪の色が変わっている奴がいたり、雰囲気が大人っぽくなっている奴がいたり、逆にうるさいくらい元気だった奴が静かになっていたりした。

ひと夏の経験でもしたのだろうか。

高校生ってのは色々な初体験をする年齢らしいからな。文字通り大人になってしまったのかもしれない。

「神原君も変わったね」

「そうか？」

「うん。夏休み前よりもイケメンになってるもん」

「っ、冗談はよせっ！」

イケメンとか初めて言われたぞ。

明らかに嘘《うそ》だとわかってはいるのだが、褒められて悪い気はしなかった。多分、顔は少し赤くなっていただろう。

突然の発言に驚きながら、ふとある噂を思い出した。

『風間幸奈は隣の席の男子に必ず告白されている』

誰が言い出したのかは不明だが、彼女にはそんな噂が流れている。一年生の時から隣の席の男子に必ず告白されているらしい。

あくまでも噂だが、信憑性《しんぴょうせい》は高い。

そもそも姫は圧倒的な人気を誇っている。単純に容姿が優れているのもあるが、姫という称号持ちを彼女にしたいと企《たくら》む男子は多いのだ。

ここからは予想になるが、隣の席の男子が風間に惚《ほ》れるのは彼女の性格がなせる業だろう。席が近ければ自然に会話する機会が増えるし、内面が魅力的な風間を好きになってしまう。

姫の座から落ちていないところから考えるに全員が玉砕しているわけか。

「うーん、冗談じゃないのに」

聞こえるかどうかの声でつぶやいた風間は、机から教科書を取り出した。すると、思い出したように。

「ねえ、神原君は本とか読むの？」

「マンガ専門だ」

「そうなんだ。私も好きだよ」

「それは意外だな」

俺の言葉に風間は小首をかしげた。

「意外かな？」

「モデル関係の雑誌とかそういうのが好きな印象があったから。たまに風間が女子達と話してるの聞こえるけど芸能人とかファッションの話ばっかりだし」

聞き耳を立てていたわけではないが、女子グループの声が大きいのでよく聞こえる。

「確かにそっちも好きだけど、マンガとかアニメも結構好きなんだよ」

「アニメも好きなのか。じゃあ、最近話題になってるアレも見てるのか？」

「すっごい面白いよね。個人的にはね――」

風間は話題になっているアニメについて語り出した。

あまり期待していなかったが、意外にも詳しかった。しっかりアニメを見ていないとわからないようなことまで知っていた。

「わかる。あの場面は最高だったよなっ！」

「熱くて盛り上がったよね」

「そうそう、主人公の熱さがいいんだよ」

好きな話題だったのでつい声に力が入った。

興奮して声が大きくなった俺を見て、風間は口元に笑みを浮かべた。

——えっ？

その顔を見た瞬間、ある違和感に襲われた。風間の顔と妹の彩音が重なって見えたのだ。

「ホントだね。今期の覇権だよ」

「……」

「神原君？」

「あ、あぁ、そうだな」

重なったのは一瞬だけだった。

気のせいだよな？

いくら何でも実の兄を脅すような性格が終わってる女と重ねるのは失礼すぎるか。相手は性格面で最高と評判の姫なのに。

「神原君が隣で良かった。話も合いそうだし、改めてこれからよろしくね」

「こちらこそ」

「ふふふっ、これから楽しくなりそう」

風間は笑顔でそう言うと、声をかけてきた友達のところに向かって歩き出した。程なくすると楽し気な声が聞こえてきた。

会話が終わり、俺は深々と息を吐いた。

久しぶりに女子と話して緊張した。手にじわりと汗がにじんでいた。

こんな調子で姫攻略とか大丈夫なのか？

不安を感じながらも、攻略対象と予期せぬ形で接触できた幸運に感謝するという複雑な気持ちで攻略初日は終わった。ただ、彩音と重なったその姿に引っ掛かりを覚えた。


翌日の昼休み。

俺は空き教室にいた。

ボッチの俺は教室にいるのが嫌いだ。かといって食堂に行ってもボッチは変わらないし、遠い場所に行くのは面倒だ。そのため、近くにある空き教室で弁当を食ってスマホを弄《いじ》るのが二年生になってからの習慣となっている。

「……順調すぎるよな」

予想以上に上手くいっている現状に驚いていた。

姫と隣の席になったと思ったら、姫である風間は非常に友好的だった。

喋りかけてきたのは初めての会話だから物珍しさがあったからだと考えていた。しかし、今日も昨日と同じように積極的に声をかけてきた。

朝に挨拶《あいさつ》を交わし、休み時間になると世間話をして盛り上がった。会話のなかったクラスメイトから一気に友人のような関係に変化していた。

状況だけなら順調なのだが、イケメンこそ最強であるというこの世の真理に気付いている俺はこの状況を素直に受け入れられなかった。

女子がイケメン以外に好意的とかありえない。この世は顔がすべてなのだ。

だから今日は風間の観察をしていた。

そして、風間幸奈という少女の凄さを知った。

彼女は話題がとにかく豊富だ。

女友達とは化粧やら男性芸能人の話で盛り上がり、俺にはアニメやらゲームの話を振ってくる。他にもドラマ好きな奴とはドラマの話で盛り上がり、映画の話をしたり、スポーツの話題にも明るい。会話の引き出しがめちゃくちゃ多かった。

整った容姿に加えてこの引き出しの豊富さ、さすがは内面が大いに評価されている姫と感心したものだ。

おまけに噂されている通り偏見とかそういうものはないらしく、アニメやらゲームの話題にも眉をひそめたりはしない。むしろ楽しそうに乗ってくる。

「……世の中には顔で判断しない奴もいるのか？」

などと言いながらスマホを弄っていると、不意に足音が聞こえた。

「っ」

俺は慌てて教卓の中に隠れた。別にここで食べているのを見られるのは問題ないのだが、何となく誰かに見られたくなかった。

足音は教室の中に入ってくると、中央辺りでぴたりと止まった。

「それで、用事ってなにかな?」

少女が尋ねた。声には聞き覚えがあった。

「この夏休み、俺はひたすら自分を磨いてきた。どうしても風間のことを諦められない。だから、今一度想《おも》いを伝えたい。俺と付き合ってほしい」

普段なら告白など興味ないが、告白した男の声にも覚えがあった。

気配を殺しながらゆっくりと顔を出す。そこに立っていたのは風間幸奈と、クラスメイトの男子だった。

男子のほうはイケメンと有名で、テストでは毎回上位に名を連ねる秀才でもある。人柄もよく、俺のようなボッチ野郎にも気さくに話しかけてくれる。二人組を作れというじめの時間に手を差し伸べてくれた聖人と呼べる奴だ。

大抵の女子なら成功するだろう。

これ、チャンスじゃね?

これでもし風間が告白を受ければ交際したという情報を流す。そうすれば姫の座から陥落となり、俺の名誉は守られる。

「ゴメンなさい」

残念ながら現実は無情だった。

「っ、理由も聞いてもいいか?」

「前にも言ったと思うけど、山田君のことは友達だと思ってるよ。だけど、恋愛対象としては見れないかな。ゴメンね」

イケメンが一蹴された。口ぶりからすると以前にも一度失恋をしているらしい。

しばしの静寂の後、イケメンの山田君は失恋を受け入れた。

「……そうか、時間を取らせてすまなかった。ありがとう」

最後までイケメンらしい言葉を残して去っていった。その際、たまたま見えた横顔はどこか晴れやかだった気がする。

勉強が出来る上に性格もいいイケメンがあっさりとフラれた。改めて姫攻略の難易度の高さを突きつけられた気がした。

ここは攻略とか諦めて彩音と交渉したほうが早いかもしれない。問題はどうやって彩音を懐柔するかだな。プリンで手を打ってくれれば楽だが、あいつもそこまで単純じゃないだろう。

いっそ現金でも渡すか?

実の妹に金を貢いで口封じとか嫌すぎるな。さすがにプライドがない豚野郎だ。まあ、俺はバチャ豚だけど。

くだらないことを考えていると、室内に風間の笑い声が響いた。

「あははははっ、まさかまた告ってくるなんてね。夏休みの間に頑張って男を磨いてきたみたいだけど、もう攻略済みだからどうでもいいんだよ。いちいち呼び出されるのだけは面倒だからこれで諦めてくれればいいんだけどね」

急にどうした？

「まっ、必死な顔が面白かったから良しとしますか。イケメンが焦《あせ》ってるのを見るのも楽しいし、これはこれでアリかな」

風間の笑いはさっきまでと違って酷《ひど》く下品だった。

「山田君は面白かったな。最初は私なんて全然興味なかったのに、最後のほうは暇さえあればチラチラこっち見てたもんね。成績も落ちちゃって可哀想《かわいそう》に。あっ、忘れない内にメモしとかないと。山田君は二度目の攻略完了と」

風間は机の上に座ると、足を組みながらスマホを取り出した。

机の上に座って気だるそうにスマホを弄る姿には普段の上品さが欠片《かけら》もない。

「いやー、高二になっても順調だね。隣の席になってないのに告ってきた馬鹿もいたけど、それも攻略済みにするとクラスの半分以上か」

性格が良いと評判の風間から出た言葉が信じられず、俺の脳はしばしフリーズしていた。

その後、鼻歌交じりでスマホを弄っていた風間は再び笑みを浮かべた。

「で、次の獲物は神原君ね」

名前を呼ばれた瞬間、ビクンと心臓が跳ねた。

この学園に神原という苗字の生徒は恐らく俺と妹だけだろう。神原君と呼ばれるのは俺しか考えられない。

「話してみた感じだとクラスに馴染めないオタク君ってところかな。けど、警戒心はかなり強め。女の子に興味がないのかな？　それとも、昔女の子にフラれたのがトラウマになってるとか。現実の女にフラれたから二次元に走ったとかだったりしてね」

当たってるよ。

風間は大きく息を吐くとスマホをしまい、机から飛び降りた。

「あの手のタイプは何人も攻略してきたから今回は楽勝かな。そうだ、どうせなら最速記録に挑戦してみよっかな。よし、今週中の攻略を目指そう。あのモブキャラ君が情けない顔で告ってくるのが今から楽しみ」

悪い笑みを浮かべたまま、風間は教室を出ていった。

「……」

誰もいなくなった教室で俺はショックを受けていた。

性格最高と言われていた風間の裏の顔を知ってしまった。それもショックだったけど、最もショックを受けたのは言うまでもない。

「俺、モブキャラ君って呼ばれてるのか」

主人公みたいな顔はしてないと自覚していた。自分がイケメンだと勘違いもしてない。それでもモブキャラ君と呼ばれていた事実は中々に精神をえぐった。

メンタルに傷を受けたが、これで判明した。

あいつは単に遊びをしているだけだ。隣の席に座る男子を惚れさせるという上級国民も真っ青《まさお》な遊びを。おまけにそれを記録して悦《えつ》に入っている。間違いなくやばい奴だ。

これが妖精の裏の顔か。

納得したよ。ブサメンとか関係なく平等に接するのはおかしいと思っていたが、これは予想を遥かに超えてきた。イケメンに興味があるとかそういう次元じゃなくて、男子をおもちゃにして自分の欲を満たしていたわけだ。イケメン以外にも優しくするわけだよな。

……ったく、どこが妖精だよ。彩音以上の腹黒じゃねえか。

裏の顔を知った今なら彩音と重なった理由がわかる。

学校での彩音は猫を被っているのだが、その姿と風間が重なったのだろう。

妖精の裏の顔。知りたかったような、知りたくなかったような。

考えると気が重い。あいつの話によると俺はこれから猛攻を仕掛けられるらしい。それ自体は問題ない。裏の顔を知っていれば耐えられるだろう。

ただ、最悪なのは現在の状況だ。俺はそんな風間を逆に攻略しなければならない。

今ここで見たことを弱味として使うという手段も考えたが、無理だろうな。仮に周囲に今のやり取りを言い触らしたとして、俺の発言を信じる奴がどれだけいる。

モブと姫の発言、どっちの信憑性が高い？

自分がクラスメイトの立場なら絶対に風間を信じる。でもって、言い触らしたほうを嘘吐き呼ばわりするだろう。

「……マジかぁ」

これからの自分を想像し、憂鬱な気分のまま教室に戻った。


妖精の裏の顔を目撃してから数日が経過した。

予想通り、あの日から風間幸奈の攻撃が始まった。これがまた非常にえげつないものであった。

もはや猛攻といってもいいレベルだ。

内容を一部紹介しよう。

最初は授業中だった。消しゴムが机の下に転がってきた。

「ゴメン、消しゴム落としちゃった」

「任せろ」

机の下に潜って消しゴムを拾う。

無事にミッションを完遂し、机の下から戻ろうとした時だった。不意に風間が足を動かした。スカートが揺れ、下着が見えそうになった。

「……」

俗にいうラッキースケベだ。

天が与えてくれた贈り物に感謝していると、先生の声が聞こえたので慌てて我に返った。消しゴムを風間に渡す。無論、ラッキースケベが発生したことなど表情に出さない。

「ほらよ」

「ありがとね、神原君」

風間は俺の手をぎゅっと両手で包み込みながら感謝の言葉を述べた。柔らかい手の感触にドキッとした。

「拾ってくれるなんて優しいんだね」

「これくらい普通だろ」

「そんなことないよ。助かっちゃった」

しばらくして風間はゆっくりと手を解《ほど》いた。その後、少しだけ妖艶な表情を浮かべると。

「……見た？」

「な、何のことだっ⁉」

「ふふふっ、顔赤くなってるよ」

ここで初めて足を動かしたのが俺を惚れさせるための攻撃だと気付いた。あれは天からの贈り物などではなく妖精の罠《わな》だった。

頭の中にネトゲの嫁を思い浮かべて平静を保った。

攻撃はこれだけではない。別の授業ではさらに火力の高い攻撃を繰り出してきた。

「教科書忘れちゃった。見せてもらっていいかな？」

「構わないぞ」

風間は机をくっ付けてきた。

「ありがと。よくやっちゃうんだ、私ってドジだから」

「気にするな。俺もたまに忘れるし」

教科書を忘れる程度はよくある、と気にしちゃいなかった。

そこまでは良かったのだが、風間は机だけでなく体も密着させてきた。

あまりにも接近するものだから、俺が教科書のページを捲《めく》った際に肘《ひじ》が胸に当たってしまった。

これは絶対にわざとだ。明らかにページを捲るタイミングで体を寄せてきたし。

「っ、神原君のえっち」

「ゴメン！」

おまえが密着してきたからだろ。

心の中ではそう言ったが、現実の俺に出来たのは慌てふためきながら謝罪することだけだった。我ながら情けない。

胸元《むなもと》を手で押さえながら風間はジト目で俺を見た。

「今のわざとでしょ？」

「違う、偶然だ！」

「ホントに？」

「ホントだっ！」

授業中ということを忘れて声を張り上げてしまった。そのせいでクラスメイトから変に注目されて気まずい思いをした。

若干の恨みを込めて隣に視線を送ると、風間は楽しそうに笑っていた。

「イチャイチャしてるのがバレちゃったね？」

なんて言いだしやがった。

これがもし裏の顔を知らない状態で言われたら、秘密の共有みたいな感じで気持ちが盛り上がったかもしれない。風間の秘密を知っている今なら攻撃の一種だとわかる。

この時は推しのことを考えて気を紛らわせた。

ボディタッチなど直接的な攻撃も多かったが、たまに別の切り口で仕掛けてきたりもした。

「神原君の字ってきれい」

「親が厳しくてな」

「字がきれいな人っていいよね。頭良さそうに見えるから」

「それは一理あるかもな」

あくまでもイメージだが、確かに字がきれいな人は何となく頭が良さそうな印象がある。

「神原君って目立たないように見えて意外とスペック高めだよね。頭は良いし、会話も面白いし、運動だって苦手じゃないよね。目立たないように振る舞いながら実はスペック高めとかマンガの主人公みたい」

この発言には引いた。

残念ながら俺の頭は平均そこそこだし、運動神経だって普通だ。会話内容もアニメ系ばかりでお世辞にも面白くはない。

モブキャラ君とか言って馬鹿にしてたくせによ。

こいつの本性を知っていたので嫌悪感が勝ったが、もし本性を知っていなければ陥落していたかもしれない。恐ろしい奴だ。

攻撃は日増しに苛烈《かれつ》になっていった。

向こうに悪意があるとわかっていながらも、攻略対象である風間を邪険にはできない。下手に拒絶したら距離を開けられてしまうかもしれない。そうなれば別の姫と接点を持つところからのスタートになる。それはそれで困る。

だから俺は攻撃を受け続けた。悪意があると知りながら、発言が嘘だとわかりながら耐える日々は精神的に悪かった。

しかしだ。ふと考えてみた。

彩音は別に付き合う必要はないと言っていた。仲良くして周囲の人間を誤解させればいいとも言っていた。

クラスメイトは俺達が仲良くしている様を見ている。

これはこれで作戦が成功したといっていいのでは？

一瞬そう思ったが、全然ダメだった。

これくらいのスキンシップは風間にとっては日常茶飯事らしく、誰も気に留めていなかった。

振り返ってみればこれまでも風間は隣の席の男子とイチャイチャしていた気がする。

結局、どうすることもできなかった。

本日も朝から放課後まで攻撃され、心にもない発言で散々持ち上げられた。

放課後になった現在、机に突っ伏してゲッソリしていた。本性がわかっていれば耐えられると思っていた過去の俺はどうかしていた。

しかしあれだ、普通ここまでするか？

最初はくだらない遊びだと思っていたが、風間の行動には執念みたいなものを感じた。何が何でも惚れさせてやるという強い意気込みを感じる。

もしかしてその辺りに風間を崩す手立てがあったりするのか？

自問しても答えは出ない。

ただ、確実に言えるのは長期戦は無理ってことだ。

精神的な意味でもそうだが、次の席替えで遠い席になれば関係は希薄になる。隣の席でいる間に決めるしかない。風間のほうも俺を攻略する気でいるらしいが、向こうがどれだけ根気強いのかわからない。こっちからも攻勢を仕掛けないとまずい。

きっかけが必要だ。この閉塞《へいそく》した状況を打破するきっかけが。

「あのさ、神原君」

多くの生徒が下校したタイミングで風間が声をかけてきた。

「どうした」

「暇なら一緒に帰らない？」

「俺と？」

「うん。神原君ともっとお喋りしたいんだ」

きっかけになりそうなイベントが訪れた。

下校イベントは恋愛シュミレーションゲームにおいて定番のイベントだ。

二人きりで喋ることで親密度を高められる。学校終わりという解放感も手伝い、本来よりも深い話をするチャンスである。

ただし、失敗もあるイベントだ。

話が広がらなければつまらない奴と受け取られ評価が下がってしまう。あくまでもゲームの話だが、現実でも同じだろう。

小学生の頃は幼なじみと一緒に下校していたので慣れたイベントと言えるのかもしれないが、あの時はまだ恋心を自覚する前だったから特別なイベントではなかった。

学校では周囲の目もあったが、今は誰もいない。仕掛けるには絶好の状況だ。

「神原君の家って近いの？」

「ここを真っすぐ歩くと数分で家に到着する」

「近いね。もしかして、姫ヶ咲を選んだのも家に近いからだったりして？」

「それが一番の理由だな」

世間話をしながら歩いていると、公園が見えた。

ここは幼い頃によく遊んでいた公園だ。小さな公園で、ブランコと砂場があるくらいのものだ。

「ちょっと話していこうよ」

誘われるまま公園に入る。

風間はブランコに向かうと、楽しそうに漕ぎだした。俺はその隣のブランコに座った。

「久しぶりに乗ると楽しいね」

子供っぽい一面を見せたいのか、あるいは本気で楽しいのか風間はご満悦だ。

よし、ここで勝負に出る。

これ以上の長期戦は不可能だ。邪魔者がいないこのチャンスを逃す手はない。

「ブランコよりも隣の席の男子を惚れさせる遊びのほうが楽しいんじゃないのか？」

「えっ――」

風間はブランコを止め、一瞬フリーズした。

「きゅ、急にどうしたの？」

「悪いな。前に風間が告白されてるところを見ちまったんだ」

「告白？」

「数日前に空き教室で山田に告白されてただろ。その後、風間が楽しそうに一人で喋ってるのを聞いちまったんだ」

そう言うと、すべてを察したのだろう。

「……なんだ、バレてたんだ」

大きく息を吐き出した。

「だからこれだけ攻めても全然効果なかったんだね。あーあ、サービスして損した。あれ聞かれてたらそりゃ落ちないもんね。調子に乗るとベラベラ喋っちゃう癖《くせ》はいい加減にどうにかしなくちゃいけないと思ってたんだけどな」

風間の雰囲気が一変した。顔からは笑顔が消えていた。

「っていうか、知ってたなら先に言ってよね。無駄に頑張っちゃったじゃん。それとも、私のサービスが目当てだったとか？　うわっ、神原君ってばモブキャラみたいな雰囲気のくせに性格悪すぎ。最低でーす」

性格悪いとかおまえにだけは言われたくねえよ。

「で、どうすんの。脅すつもり？」

「おまえと違って性格の良い俺がそんなことするわけねえだろ。大体、脅したところで学校の奴等《やつら》は誰も信じないだろ」

「まあね。けど、自分で性格良いって言う奴は大抵ロクな奴じゃないよ」

「うるせえ」

このまま口ゲンカするわけにはいかない。

コホン、と咳払《せきばら》いをして無理やり流れを変える。

「なあ、隣の席の男子を狙う理由は何だ」

最初は単なる悪質な遊びかと思っていたが、途中からは執念みたいなものを感じた。単なる遊びであそこまでするとは思えない。

「知りたいの?」

「そりゃ気になるだろ」

「まっ、バレちゃったからにはしょうがないか」

目の前に落ちてる石を蹴飛《けと》ばした後、風間はゆっくりと口を開いた。

「私ね、昔は暗かったの。地味で暗い子だったの。誰にも相手にされなくて、教室の隅っこでジッとしてるようなタイプだった」

今の姿からは想像できないな。

「意外だった?」

「ビックリした」

「……そっか。そうだよね」

何故か風間は満足そうだった。

「地味で暗い私は隣の席の男子を好きになったの。あっ、ちなみにこれ初恋ね。その男子はクラスの人気者で、私みたいな地味な子にも話しかけてくれたんだ。明るくて、社交的で、格好よくて、当時は太陽みたいな人って感じたっけ」

そういうタイプの奴はどこにでもいるな。

クラスの中心人物的存在で、声が大きくて元気な奴だ。ついでに言うと調子に乗りやすいタイプの奴でもある。

「恋心が爆発したある日、そいつに告白したんだ。当時はスマホとか持ってなかったけど、直接告るような勇気もなかった。だからラブレターを書いてみたんだ」

風間は言葉を止めた。

「どうなったんだ？」

「登校したら黒板に張られてた」

「そりゃまた、酷いな」

「クラスメイト全員に笑われたよ。あれは心折れたな」

酷い奴がいるものだ。

やっぱイケメンは敵だな。

「私はショックで引きこもりになった。うす暗い部屋の中であいつに復讐する方法ばっかり考えてた。どんな風に復讐しようかって」

「……」

「でも、すぐに状況が変わったの」

変わった？

「親が離婚して引っ越すことになったの。私はこれを生まれ変わるためのきっかけだと思って努力してみた。おしゃれを覚えて、性格も明るくなって、勉強も頑張った。気付いたら周りには大勢の人がいた。周りからは美少女って呼ばれるようになって、男子からもちやほやされるようになった。そしたら、私を狙う男を目当てに女子まで媚《こ》びてきたんだ」

自分磨きで今のような姿になったわけだ。

「初恋の男には復讐したのか？」

尋ねると、風間は屈託《くったく》ない笑みで頷いた。

「中学の頃に親の再婚で地元に戻ってきたんだ。あいつ、私が誰なのかわかってなかった。まあ、苗字も容姿も変わってたから仕方ないけどね。それでね、偶然また隣の席になったから鍛えたテクニックで惚れさせてやったわ。あの馬鹿、たった数日で好きになっちゃったみたい。顔を真《ま》っ赤《か》にして告白してきたの。あれだけ私を笑ってたくせにさ」

そう言って風間は遠くを見つめた。

「ホントに快感だったな、あれは」

何となく気持ちはわかる気がする。

俺の失恋はいずれも告白前に終わったわけだが、もし二度目の恋が成就《じょうじゅ》していたら幼なじみには復讐した気分になったかもしれない。

「告白は当然断った。でも、あの時の優越感は今でも忘れられない」

「……それで今に繋《つな》がったと？」

「隣の席の男子はあいつを思い出して気分が良くなるんだよね。どうしても告らせてやりたくなるんだ。で、告ってきたらフッてやるの」

初恋の復讐から快感に目覚めちまったわけだ。

その感覚のまま現在までやってきたと。

「理由はそれだけ。隣の席になった相手に恨みがあるとかそういうことじゃない。ただ私がいつまでも根に持ってるっていうか……そう言った意味じゃまだ初恋に囚われたままなのかもね。実際、二度目の恋とかまだしてないし」

言い終えた風間はどこかスッキリした表情だった。

この話は恐らく事実だろう。ここで嘘を吐くメリットもないだろう。

どうする？

性格が悪い女と突き放すのが正しい選択の気もするが、現在の俺は風間を攻略しなければいけない立場だ。突き放すという選択肢はありえない。ここで風間を糾弾したら恋愛関係に発展など不可能だからな。

ここで優しくすればイケるのか？

恋愛経験皆無の俺にはこの場面で投げる言葉が残念ながら見当たらない。

「話はこれで全部。自分の話をしながら思ったけど、やっぱり私って相当性格腐ってるね。まあいいか。それで、話を聞いた感想は？」

あの秘密をバラされるわけにはいかない。

すべては「長文ニキ」と呼ばれないため。そして、平穏な高校生活のために。

「聞いて納得した。風間は悪いことをしてない。むしろ素晴らしい行いをしたと褒め称えたいくらいだ」

俺は意を決して、そう口にした。

数秒の間があった。

風間は驚きの表情で俺を見つめる。

「話聞いてたよね？」

「聞いてたぞ。まず、相手を惚れさせる行為のどこがいけないんだ。全然悪いことじゃないだろ。努力して相手を惚れさせるのは当たり前っていうか、常識だろ。世間にある恋愛ってのはそうやって始まるパターンばっかりだからな」

これがもし、告白してきた男子を仲間内で馬鹿にしていたとかなら怒ったかもしれない。最低な行為だと声を大にしただろう。

しかしだ。

「隣の席の男子を攻略してることは誰かに言ったのか？」

「言ってないよ。誰かに話したら絶対嫌われるし」

予想通りだ。風間は自分の行いを悪事だと考えているらしいので誰にも話していないと思った。

風間はただ努力して相手を惚れさせただけだ。

個人的に攻略した男子のメモをしていたが、誰かに話していたわけではない。自分だけの楽しみにしていたのなら全然セーフだろう。

「被害者はいないわけだし、何の問題もないじゃないか」

「でも――」

「誰もいないだろ。人を好きになるのが被害であるはずがない。相手を惚れさせるのが罪に問われるのであれば女優やらアイドルは大犯罪者になっちまう」

「まあ、それはそうかもしれないけど」

我ながら極論だが、風間は渋々納得したようだ。

「そもそも、風間のしていることは慈善活動だぞ」

「どゆこと？」

「風間は相手を惚れさせるためとはいえ、積極的に話しかけてくれるだろ。あれはモテない男にとって本当に嬉《うれ》しいものだ。可愛い女の子が普通に話しかけてくれるって行為がどれだけ世の中の非モテを喜ばせているのか」

「……なにそれ、気持ち悪い」

気持ち悪いとか言うな。

「大人になっても男は可愛い子と話すためにお金を使う。つまり、風間のサービスに多くの男子は救われてるわけだ。イケメン以外の男子はそういう生き物なんだよ」

俺にはわかる。

大抵の女はイケメン以外には塩対応だ。こっちが普通に話しかけているにもかかわらず素っ気ない対応をされてイラっとするのだ。特に挨拶とか顕著だ。明らかにイケメンと挨拶するときはテンションが高くなっていやがるからな。

でも、風間は違う。

顔の良し悪しに関係なく楽しそうに話をしてくれる。

「風間はモテない男にとってありがたい存在というわけだ」

「そうなのかな?」

「モテない俺が言うんだから間違いない」

自信満々に言い切ってやったが、何故か風間は同情したような目を向けてきた。解せぬ。

「だから気にするな。よく言うだろ、恋愛は惚れた奴の負けだって」

「……負け」

「そう、負けだ。手玉に取られた男共が勝手に敗北者になっただけだ。あいつ等は勝手に惚れて、勝手に告白して、勝手にフラれただけだ。これに対して風間が罪悪感を覚える必要はまったくないぞ。風間の勝ちだからな」

恋愛は惚れさせたほうが勝つ。

告白はした側が一方的に弱い立場であり、逆に告白された側は生殺与奪を握っている。これはもう覆せない恋愛における絶対のルールだ。

だから風間が相手を見下してフるのは自由だ。惚れさせたほうが強くて偉い。それだけだ。惚れてしまったほうは言いなりになるしかない。

「逆にアレだ、少しでも罪悪感があるなら絶対に謝るな」

「……」

「俺は言い触らすつもりはないし、風間も気にしてるのならわざわざバラす必要はないからな。バラしたほうが相手にダメージを与える」

真実を知ったら弄《もてあそ》ばれたと逆恨みされる可能性があるからな。世の中には知らなくていいこともある。

「風間に告った連中も満足しているだろ。好きな相手に想いを伝えたわけだしな。山田のスッキリした顔を見ただろ？　風間は堂々としていればいい。おまえがいい女であり続ければ失恋した連中も報われるからだ。自分の目が間違っていなかったと思わせてやるのが罪滅ぼしっていうか、贖罪《しょくざい》になるんじゃないのか」

我ながら上手く言えた。自分でもここまで口が回ったことに驚く。

「改心する気があるなら今後は抑えればいいさ。その……俺で良かったらいつでも力を貸すからな。頼ってくれていいぜ」

どうだ？

相手をフォローしつつ、さりげなく今後は親密になりましょうという誘い。この高度な技こそ俺がゲームで培った技術の結晶だ。

「神原君の言いたいことはわかったよ」

伝わったらしい。

「……生意気」

「えっ？」

風間はゆっくりと歩き出した。

「帰る。じゃあね」

あれ？

想像していた展開と違うぞ。俺の頭の中では言葉に感心した風間が顔を赤くして俺を男として意識する場面のはずなのに。

風間はそのまま去っていった。

「え、あれ？　失敗した？」

俺はしばらくその場で立ち尽くしていた。

結論から言おう、失敗した。

渾身《こんしん》の言葉を放ったものの、どうやら彼女の心には響かなかったようだ。結局、あのまま風間は家に帰ってしまった。その後は何のアクションもなかった。

翌朝、登校した俺は自分の席で原因を探っていた。

どこで間違えた？

我ながら完璧《かんぺき》に口説いたつもりだった。どうして風間が乗って来なかったのだろう。おまけに帰り際の風間の表情だ。ちょっと悔しそうにしていたのが気になった。

恋愛経験のなさ、さらには女性との対話経験のなさのせいで敗因すら全然わからない。

席で唸《うな》っていると。

「おはよう、神原君」

登校した風間が挨拶して隣に座る。

その顔は普段と変わらないもので、今となっては猫を被っているとわかる。

「お、おはよう」

「今日もいい天気だね」

「おう、そうだな」

「いい天気すぎるのも考えものだけどね。まだまだ暑いから、熱中症には気を付けないと」

風間の様子に変化はない。まるで昨日の会話がなかったかのようだ。

ジッと見ていると、鼻歌まじりで支度《したく》を始めた。

「ジロジロ見てどうしたの？」

「なっ、何でもないっ」

「そう？」

程なくすると、いつものように女子達が風間に声をかけてきた。

「今行くから待ってて」

立ち上がった風間はこれまたいつものように仲良しの女子達がいるグループに向かって歩き出した。

「あっ、そうだ。神原君に言っておかなくちゃ」

「何だ？」

「宣戦布告だよ。これから覚悟しておいてね」

宣戦布告とは物騒だな。

個人的には口説くつもりで放った言葉だったが、どこかで風間を怒らせてしまったのだろうか。

困惑していると、風間の顔が近づいてきた。

「悔しいけど昨日の攻撃はかなり効いちゃった。気付いてると思うけど、私って意外とプライドが高いんだよね。神原君にはきっちり仕返しするから。これから覚悟しておいてね。絶対に惚れさせてあげる」

耳元でそう囁《ささや》かれた。

……えっ、攻撃？

理解できず俺が顔を上げると、風間はくすくす笑いながら友達の待つほうに歩いていった。

その時の笑顔は先日までのものとは少しだけ異なっている気がした。まるで物語に登場する悪戯《いたずら》好きな妖精のような笑みだった。

閑話
妖精の独り言

「気持ちいい」

湯船に浸かった心地よさに、私は思わず言葉を漏《も》らした。

今日は疲れた。高校生になって一番疲労を感じた日だった。それもこれもすべては彼の、神原《かんばら》佑真《ゆうま》君のせいだ。

昔話をしたせいで思い出してしまった。

小学生の頃の私は地味で暗い子だった。アニメやマンガが大好きで、口下手でコミュ力の低い地味女だった。いつの間にか地味子というあだ名を付けられていたが、自分でもそう思っていたから黙って受け入れた。

そんな地味子は恋をした。

初恋だった。相手は明るくて格好いいクラスの中心的存在。釣り合わないことは最初からわかっていたけど、それでも気持ちは止められなかった。

今思い出してもイライラする。

初恋は最悪の形で終わった。出したラブレターが黒板に張られ、クラスメイトにくすくす笑われた。

あの事件から引きこもった私は部屋の中で物騒な言葉を繰り返していた。地味子のくせにプライドが高かった私は自分を侮辱した連中への復讐を誓った。

不幸は連鎖するもので、ケンカばかりしていた両親が離婚した。私は母に付いていくことになった。

今になって考えると、この転校が人生の転機だった。

住む場所も苗字《みょうじ》も変わり、私は新しい環境でやり直そうと奮起した。悔しさをバネに必死で自分を磨いた。

努力の末に私は生まれ変わった。

気付くと周りから「可愛《かわい》い」と言われるようになった。

生まれて初めての言葉にテンションが上がった私は更に努力した。見た目はマシになっても会話が続かないと無口でつまらない奴《やつ》と判定される。

だから会話の引き出しを増やした。

興味がなかったジャンルも必死に覚えた。元々好きだったマンガやアニメだけでなく、トレンドに雑学も覚えた。男子が好きなスポーツだって勉強した。

いつの間にか地味子と呼ばれることはなくなり、私はクラスの中心的存在になっていた。

不幸は連鎖するが、幸福も連鎖した。

私が地味子を卒業した頃に母が再婚した。相手は優しそうな人で、実際に私の父になってからもすごく優しくて頼りになる父親だった。

再婚をきっかけに生まれ育ったこの地に戻ってきた。

戻った直後に思った。あいつに復讐しようと。

真っ先に復讐を考えてしまう自分の性格の悪さに笑ってしまうが、それが私という人間だから仕方ない。

生まれ変わった私を見てあいつはどんな反応をするだろう。

不安と期待が入り混じった転校初日、待っていたのは大歓声だった。さすがに驚いたが、もっと驚いたのは隣の席の男子だ。そこにいたのは私を地獄に突き落としたあいつだった。

「は、初めまして」

「……？」

「よっ、よろしくなっ」

あいつは私に気付かなかった。容姿と苗字が変わっただけで気付かなかったのだ。

へえ、私の存在ってその程度だったんだ。

復讐したいという気持ちが日増しに膨れ上がっていった。

あいつだけじゃない。クラスメイトの中には同じ小学校出身の連中も大勢いたが、誰《だれ》も私があの地味子だと気付いていなかった。たった二年半しか経過していないのに。

「初めまして。よろしくね」

私は初対面を装った。

あの頃と違って私には余裕があった。これまで多くの男子に告白されたという経験と、自身の努力が余裕を持たせてくれた。周囲からの可愛いという言葉が勇気をくれた。

「俺《おれ》、部活でエースなんだ」

「へえ、凄いね」

「意外と頭良いんだぜ」

「勉強もできるんだね」

「友達も結構多くてさ」

「社交的で素敵だね」

あいつは必死だった。私にアピールしようと必死になっていた。

ゾクッとした。

すぐに理解した。あいつは私に惚《ほ》れてしまったのだと。一目惚れして、少しお喋《しゃべ》りしただけで気持ちを抑えられなくなってしまったのだと。

同じ目に遭わせてやろう。あの日の恨みを晴らすにはそれしかない。

隣の席になってしばらくが経過したある日だった。

「付き合ってほしい！」

告白された。

太陽みたいに映っていたあいつは顔を赤くして、私に頭を下げて自分を彼氏にしてほしいと懇願してきたのだ。

快感だった。告白された時には恋心など既になかったが、自分の努力が認められたのが嬉《うれ》しくて仕方なかった。

優越感が全身を駆け巡る。私が頭を下げてでも付き合いたいと願った相手が、逆に頭を下げて自分を彼氏にしてほしいと言ってきた。完全に立場が逆転した。その優越感が私の気分を極限まで昂《たかぶ》らせた。

あんたが告白してる相手は散々馬鹿《ばか》にして笑ったあの地味子だよ？

真実を教えてやれば快感で身が震えるに違いない。

でも、私は迷った。ここで真実を話したら全部終わってしまう。噂を広められ、私の正体が全校生徒に知られてしまう。

この楽しい生活が終わっていいの？

自分に問う。

私はこの生活が楽しくなっていた。男子にちやほやされ、相手から好意を向けられるのが楽しくて仕方がなかった。顔を赤くして告白してくるこの状況が愉快でたまらなかった。

「ゴメンね。友達でいたいから」

正体は明かさずに告白を断った。一時の快楽ではなく、今後の楽しみを取った。

それに、私にはまだ復讐したい奴がいる。私を嘲笑った男子は大勢いた。便乗して馬鹿にしてきた女子だってそうだ。

イケメン君を惚れさせれば女子にも復讐ができる。あなた達が好きな男子全員を惚れさせて、ゴミみたいにフッてやろう。

性格悪い？

悪いよ。自分でもわかってるし、別に直そうとも思わない。どうせ私は地味でブスな女だ。性格もブスで上等。

自分がダメな女だと卑下すれば卑下する程に気分が良くなった。

ダメな私に告白してくる男子は、ダメな私よりも格下だから。そして、ダメな私よりも選ばれない女子は私よりも全然格下の女だから。

だから続けた。

口では「ゴメンね」と可愛く言って断る。

心の中では「ざまあみろ」と馬鹿にして嘲笑う。

それからも続けた。

まじめな委員長、不良ぶった男の子、恋愛に興味がなさそうな顔をした男子生徒、アニメが大好きで三次元には興味ないと言っていたオタク君、果てには彼女持ちの男子まで――

惚れさせて、最後にはお断りする。

当然、高校生になっても続けた。

快楽に浸っていたある日、私は姫に選出された。姫ケ咲学園《ひめがさき》の噂は聞いていたが、自分が姫に選ばれるとは思っていなかった。

ブスな地味子が姫だってさ。

「あはははっ、どいつもこいつも見る目なさすぎでしょ」

姫に選出された日、私は部屋でケラケラ笑っていた。他の誰でもない。私自身が一番その称号に似つかわしくないのがわかっていたのだから。

姫とか関係ない。私は私の楽しいことをするだけ。

次のターゲットは神原佑真君。

正直、楽勝だと思った。特に目立つ点がない男子生徒で、顔立ちは良くも悪くもない。身長は高くもないけど低くもない。

はっきりいって印象に残っていない。成績は平均くらいだったはず。体育は男女別だからわからないけど、話を聞かないから良くも悪くもないって感じだろう。

モブキャラの極み。

こういうタイプはオタク君が多い。

話してみると予想通り、アニメの話に食いついてきた。何度か攻略してきた女の子に苦手意識のあるオタク君だ。予想よりも顔は整っている感じはしたけど、それだけだ。

しかし、予想とは裏腹に苦戦した。ボディタッチにはちっとも動揺しないし、いくら持ち上げても興味なさそうな対応をする。

こうなったら下校イベントで堕とそう。

決めるつもりのイベントだったのだが、事件は起きた。

「ブランコより隣の席の男子を惚れさせる遊びのほうが楽しいんじゃないのか？」

あの言葉で頭が真っ白になった。

終わった。どうやら私の独り言を聞いていたらしい。言い触らされたら全部終わりだ。積み上げてきたものが壊れ、小学生の時みたいな暗くて最悪な生活に戻ってしまう。

でも様子が違った。神原君は怒るわけでもなければ、脅すわけでもなかった。

あの言い回しからして恐らく彼は私を改心させたいのだろう。私の行いに憤《いきどお》りを感じながらも、私が更生してくれるのを願っている。

「……生意気」

モブキャラのくせに生意気すぎでしょ。私に惚れなかっただけでなく、説教するとかありえないんだけど。

久しぶりに悔しいという感情が芽生えた。

よし、神原君を惚れさせよう。惚れさせて最後には頭を下げて「付き合ってください」と情けない顔で言わせてみせる。この悔しさを晴らすにはそれしかない。

神原君はモテるタイプじゃないし、ライバルとかはいないはずだ。これからゆっくりと時間をかけて仲良くなろう。倒せるまで続く長期戦だ。

「最後にはしっかりと情けない顔で告白させてあげるからね、神原君」

予期せぬ強敵の出現に不思議とテンションが上がった。

「ま、まあ……情けない顔で告白してくれたら付き合ってあげなくもないかな」

その後については今はまだ考えられないが、少しだけ気になる男子が出来た私は高いテンションのまま湯船から出た。髪を乾かしながら鏡に映った私の笑顔は、今朝《けさ》までとちょっとだけ違うように感じた。

第二話
土の女神と
火の姫王子

「さて、報告を聞かせてもらおうかしら」

ベッドに寝転び、お菓子を頬張《ほおば》りながら彩音《あやね》が発した。

現在は日曜日の夜。場所は俺《おれ》の部屋。

部屋主である俺はベッドの前に正座している。正座させられている、といったほうが正しいだろう。

このような状況になっている理由を説明すると簡単だ。

夕食を済ませて部屋に戻るといきなり彩音がやってきた。部屋に押し入った彩音は机に置いてあったお菓子を発見すると、勝手に袋をあけてベッドの上で食べ出した。

さすがにイラっとしたので注意した。

そしたら彩音は勝ち誇った笑みを浮かべて「バラされたいんだ?」と脅してきやがった。

で、俺は歯向かった罰として正座させられたというわけだ。

暴《あば》れてやろうかとも思ったが、ぎりぎり踏みとどまった。

ここで暴れるのは悪手だ。こっちの立場は圧倒的に弱い。仮にここで暴れて彩音を倒しても待っているのは両親からのバッシングである。親に事情を知られたら彩音の奴《やつ》も怒られるだろうが、それ以上に俺が送った長文投げ銭のことがバレる。

……長文ニキになった息子。

その事実がどういった結末を招くのか想像したくもない。仮に想像したとしても待っているのは地獄である。

　つまり、俺に勝ち目はない。

「報告って?」

「定期報告よ」

「定期報告?」

「そっ、これから日曜日の夜は姫の攻略具合について報告してもらうから」

　ただでさえ日曜の夜は明日から学校ってことで気分が悪くなるのに、ホントに最悪だ。

「まっ、ヘタレの兄貴じゃどうせ変化なしだろうけど」

「馬鹿《ばか》言うな。かなり動きがあったぞ」

「進展あったんだ?」

「聞いて驚け。実はな――」

　ここまでの出来事を話した。

　ただし、風間《かざま》が隣の席の男子を惚《ほ》れさせる遊びをしていた点は黙っておく。

　風間に対して別に恩とか義理はないのだが、彩音にそれを教えたら「それを材料に脅して付き合っちゃえ」とか言い出しそうだから止めておく。

　最初こそ俺の話を余裕の態度で聞いていた彩音だったが、一緒に帰ったと話した時はさすがに驚いていた。

「隣の席であることを上手《うま》く利用して仲良くなったわけね」

「仲良くなったかは不明だが、少しは近づいたな」

「まさかあの兄貴が風の妖精《ようせい》と友達になるとはね」

彩音としてはもう少し進行が遅いと予想していたのだろう。

しかし、風間と友達になるのは誰《だれ》でも簡単だ。あっちから近づいて来るわけだしな。まあ、下級生には風間に関する噂が届いていないのかもしれない。あえてその辺は黙っておく。

「俺も中々やるもんだろ?」

「そうね。ご褒美にこのお菓子を食べていいわ」

それ、元々は俺のお菓子ですけど。

「もっと欲しそうな顔してるけど、これ以上は無理。兄貴はまだ付き合ったわけじゃないし」

一緒に下校したが、あれから風間との関係に変化はない。

相変わらずからかってくる。隣の席の男子をからかう遊びを止めるつもりはないらしい。以前と比べたら軽い攻撃なので全然耐えられるが。

「攻略する気があるみたいで安心したわ」

「……しないと俺の生活が終わるだろ」

拒否できるなら今からでも拒否したいよ。

「じゃ、生活が終わらないように頑張ってよ。肝心なのはここから先だから」

「そりゃわかってるけど、ここから先に進むのは今のところ不可能だ」

「どして？」

「きっかけがないんだ。相手は難攻不落の姫だぞ。簡単じゃない。気軽に話せる関係にはなったけど、今のところ恋愛みたいな空気にはなりそうもない」

現状ではどうしようもない。

風間の秘密を知ったわけだが、そこを取っ掛かりに攻略は難しいだろう。

どうしたら攻略できるのかさっぱりわからない。相手はゲームのキャラではなく現実の人間だ。残念ながら現実の女子の攻略法とか知らない。

「じゃあ、どうするつもり？」

「持久戦しかないだろうな。チャンスを待つ」

しばらくは隣の席を利用して親睦を深めるのがいいだろう。あいつは今後も俺をからかうつもりなので、邪険にはしないはずだ。宣戦布告もされたし。

関係を維持しつつきっかけを待つ、という戦略が最も現実的だな。

「なら、妖精は持久戦でいきましょう」

「いいのか？」

「いいわ。その間に別の姫を攻略してもらうから」

彩音は淡々と口にした。

「……へっ？」

俺の口から変な声が出た。

「アホみたいな声は止めて。妖精が中断なら他の姫にアタックするしかないでしょ。ただ待ってるだけとか時間の無駄になるじゃん」

おいおい、勘弁してくれよ。

風間と仲良くなりながら別の姫を攻略とか不可能だぞ。

「さすがに無理だ」

「大丈夫だって。それとも、兄貴はあたしの言うこと聞けないの？」

彩音はスマホをぷらぷらさせた。

拒否権はなかった。

「で、次の姫は誰にする？」

「俺に言われてもな」

「選ばせてあげるって言ってるの」

「……そう言われても選べないぞ。接点がないんだからな」

今回は偶然だった。

風間とはクラスメイトであり、席替えで隣の席になったという偶然があったからこそ接触できた。

他の姫を攻略しろと言われてもそもそも接点がない。

向こうもいきなり知らない男に声をかけられるのは不快だろう。ナンパにはウンザリしているだろうしな。初対面の印象が悪かったら攻略不能だ。

「だったら、声をかけやすい相手にしなよ」

「声をかけやすい相手？」

「いるでしょ。例えば、幼なじみの美少女とか」

「……冗談言うな」

「確かに、今の兄貴とあの人じゃ月とスッポンだもんね」

やかましいわ。

「しょうがない。あたしが助け船を出してあげる」

「不安だな」

「大丈夫だって。昔からお世話になってる姫がいるんだよね。その人がちょっと困ってるっぽいんだよね」

こいつにも姫の知り合いがいたのか。

「その人の相談に乗ってあげて。相談に乗じて口説くの」

「強制かよ」

「別に強制じゃないわ。ただ、従わないのなら口が軽くなるだけだから」

実質強制じゃねえか。

こうして不本意ながら、二人目の姫攻略を始めることになった。


定期報告という名の地獄が終わった翌朝。

俺は重い足取りで通学路を歩いていた。

月曜日の朝が憂鬱《ゆううつ》なのは以前から変わりないが、今後は以前よりも苦しい朝となりそうだ。定期報告は毎週あるらしい。その度に彩音が襲来するとか悪夢でしかない。

それ以上に憂鬱な気分になるのは直近に迫った問題。

「次の姫攻略か」

風間との関係を保ったまま、二人目の姫を攻略しなければいけないらしい。

「無茶言いやがるぜ」

たった一週間だったが、風間と話していた一週間の疲労は凄《すさ》まじかった。これをまたするのかと思ったら気が滅入《めい》る。

救いなのは接点を彩音が作ってくれる点だ。自分から話しかけるのでなければ難易度は幾分か下がるだろう。焼け石に水程度ではあるけど。

「っ」

ぐったりしながら歩いていると、視界に見知った少女が映った。

長い髪を靡《なび》かせた少女。後ろ姿だけでも美少女だとわかる。実際に美少女なのもよく知っている。

周囲にいる人々は吸い込まれるように彼女を見つめ、その美しさに感嘆の息を漏《も》らす。

そいつの正体は幼い頃からよく知った相手だ。初恋を捧げた幼なじみの後ろ姿を間違えるわけもなく、俺は足を止めた。

昔はこのタイミングで声をかけたっけな。

仲良しだった頃の甘く楽しい思い出と、中学時代の後半に味わった苦々しい思い出が脳裏を過《よぎ》る。

小学生の頃はいつも一緒に登校していた。中学生になっても最初の頃は一緒に登校していた。

途中からは俺が意図して避けるようになり、高校に入学してからは一度も接触していない。あいつが姫ヶ咲《ひめがさき》学園を受験していたのも知らなかったくらいだ。登校初日にその姿を見かけて心臓が飛び出そうになったのは記憶に強く残っている。

あいつも姫だったよな。

話しかけるか？

一瞬だけそう考え、首を振る。

止めておこう。何年も会話をしていない。今さら何をどう話したらいいのかわからない。彩音の言うように今の俺とあいつは月とスッポン状態だ。話しかけても無視されるだろう。無視だけならまだ救われるが、突き放されたらテンションは底まで落ちる。

姫攻略において関《かか》わらないと決めた一角だし、わざわざ自分から地雷を踏みにいく必要はない。

「聖女様、おはよう」

「おはよう。それと、変な名前で呼ぶのは止めて」

「はいはい。けど、今日は随分と早いね」

「そうかな？　いつも通りだと思うけど」

ジッと見ていると、あいつは友達と合流した。挨拶《あいさつ》の言葉を交わしてそのまま学園のほうに向かって歩いて行った。

「……」

結局、声はかけなかった。

あいつに追い付かない速度で歩き、学校に到着した。

朝から無駄に疲労してしまったが、無事に見つかることなく登校できたので良しとしよう。

窮地を脱した俺は安堵《あんど》の息を吐いた。

人間って生き物は油断している時に攻撃されると受けるダメージが倍増する生き物だ。ボールが来るとわかっていて頭にぶつかるのと、まるで想定していない状況でぶつかるのでは被害の大きさが違いすぎる。

そう、俺は油断していた。

疎遠になった幼なじみと顔を合わさなくてよかったと安堵し、全身から力を抜いて靴を履《は》き替えた。まさにそのタイミングだった。

「――おはよう、佑真《ゆうま》君」

聞き慣れた声が鼓膜を震わす。

挨拶と共に近づいてきたのは女子生徒だった。顔を上げると、そこに立っていたのはこれまたよく知った顔であった。

「お、おはよう」

「久しぶりだね」

久しぶりに彼女の顔を見た瞬間、もう一つの甘く苦い思い出が頭の中に浮かび上がった。楽しかった日々、苦しかった日々が鮮明によみがえる。

姫ヶ咲学園総選挙第三位・土屋美鈴《つちやみすず》。

彼女こそ中学時代に人生二度目の恋をした相手であり、恋愛ってものを諦《あきら》めるきっかけになった少女である。

二つ名は〝土の女神〟。

姫なのか女神なのかはっきりしろとツッコミを入れたくなるが、そう呼ばれているのだから仕方ない。

中学時代は友達だったが、俺が恋愛を諦めてからは少し距離が開いた。

別に仲が悪くなったわけではない。恋心を失ってからも普通に会話はしていたし、友人関係は続けていたつもりだ。まあ、途中からは受験を言い訳にして距離を取っていたが。

高校に入学してからは意図的に避けていた。たまに声をかけられることもあったが、軽く挨拶して終わっていた。向こうは高校に入学して友達も増えたらしく、二年生になってからは一度も話していなかった。

「ひ、久しぶり」

苦笑いでそう返すと、土屋はぺこりと頭を下げた。

「今回は本当にありがとね、佑真君」

「……？」

「彩音ちゃんから聞いたよ。相談に乗ってくれるんだよね」

その言葉で繋《つな》がった。

彩音の知り合いって土屋だったのかよ。

よく考えてみればわかったはずだ。彩音からすれば土屋は中学時代の先輩だ。そういえば同じ部活だったな。

やってくれたぜ。

とはいえ、これは意図したものではないだろう。俺が土屋に恋していたことを彩音は知らないわけだし。

「本当に困ってたんだ。もう頼れるのは佑真君しかいないんだ」

今さら相談に乗れないとは言えないよな。理由は知らないけど随分と切羽詰まっているようだし。

ここまで来たら覚悟を決めるしかない。

「俺に出来ることなら協力させてもらう」

「ホント?」

「と、友達だろっ」

引きつった笑顔で言葉を紡《つむ》ぐと、土屋は再び頭を下げた。

しかし相談って何だ?

頼れるのが俺しかいないってことは中学時代に関係した用件だろうか。昔の友人に連絡を取りたいとか、ケンカした旧友との仲裁とか、あるいは中学時代の先生関連とか。

「実はね……失恋しちゃったの」

不意打ちに心臓が高鳴った。


昼休み、俺は空き教室で土屋美鈴と向かい合っていた。

朝は人が多かったこともあり、時間が取れる昼に話し合おうと誘われた。午前中の授業は動揺から全然頭に入らなかったが、それなりに時間があったので冷静になれた。

「聞かせてくれ」

久しぶりに土屋と向き合った。相変わらずの美しさにドキッとする。

姫ヶ咲学園には〝ビッグ3〟と呼ばれる女子生徒達がいる。

昨年入学した彼女達はその美貌で多くの男子生徒を虜《とりこ》にし、入学して最初の総選挙で表彰台を独占するという伝説を残した。

その一角を担っているのが土屋美鈴だ。

彼女が女神と称される理由はルックスにある。

身長は平均よりも少し高めで、黒髪ロングの清楚《せいそ》系美女。顔立ちは同世代よりも大人びており、目元にある泣きぼくろは彼女の大きな特徴だ。

最大の魅力は豊満な胸元《むなもと》にある。制服の上からでもはっきりとわかる膨らみは男子生徒を釘付けにし、男子から圧倒的な支持を得ている。

まったく、顔と胸だけで女神とか低俗すぎるぜ。

ちなみに俺が中学時代、彼女に惚れたのはその顔立ちと抜群のスタイルに心を射抜かれたからである。

「……」

えっ、最低野郎?

否定はしない。俺は最低な野郎だ。でもそれは仕方がないだろう。無論、理由はそれだけじゃないけどさ。

そもそも学生の恋愛とか見た目がすべてだ。

男はイケメンが正義。

女は美少女が正義。

これが世の中の真理ってものだ。そこにスタイル抜群という加点があれば最強に届くのは自明の理である。

余談になるが、俺が土屋に惚れたのは初恋に破れて自分磨きをしている時だった。イケメンになるために足掻《あが》いているところに優しい言葉を投げかけられ、あっさり惚れた。我ながらチョロすぎるが、モテない男ってのはちょっと優しくされただけで惚れてしまう脆弱《ぜいじゃく》な生き物だ。

「朝も言ったけど、夏休みに告白したの」

「っ」

そんな土屋からの相談は、覚悟はしていても相当なダメージがあった。

「ずっと好きだったの。もう我慢できなくなって、つい言っちゃった」

「……それって、中学の時に言ってたあいつか？」

土屋は恥ずかしそうに頷《うなず》いた。

名前は確か「つばさ」だったな。

どうして俺が名前を知っているのかといえば、土屋から相談されたからだ。

思い出しても嫌な役回りだった。好きな女の子からイケメンを落とす相談をされた俺のテンションはそりゃもうガタ落ちだった。気分が悪くなり、イケメン君の素敵なところを延々聞かされて不快になったものだ。

ただ、俺は八方美人というかビビリだった。

相談に乗らなければ土屋に嫌われると思い、まじめに相談に乗っていた。相談された内容については あまり覚えちゃいないけど。

「でもね、諦めたくないの。だから佑真君に協力してほしいなって」

「協力といってもな」

「関係を修復したいの。せめて告白する前に」

「仲直りしたいわけだ」

告白してから関係がギクシャクしてしまった。だから、その仲裁を俺に頼みたいってところか。

失恋したが、せめて友達関係は維持したいわけだ。ホントに一途だな。俺が入り込む余地とか一切《いっさい》なさそうだ。

「俺に相談したってことは、相手は姫ヶ咲にいるのか?」

「いるよ。その……親友だから」

親友だと?

同じ高校に通っているのに全然気付かなかった。たまに見かける土屋は仲良しの女子と群れており、男の影はなかったはずだ。

おいおい、愚妹よ。これもう攻略どころじゃないぞ。

関係は親友で、しかも告白済みだ。土屋にしても仲直りしたいってことは、諦めるつもりはないらしいし。

……ちょっと待てよ。

これはチャンスというか、姫攻略生活の終わりだろ。

姫の一角である土屋に好きな相手がいる。ここで土屋がそいつとくっ付けばどうなるか。

答えは簡単だ。姫に彼氏が出来る。

土屋がイケメンと抱き合ったりする姿を想像するのは嫌だが、これで任務は完了だ。後は交際したことを周囲に喧伝《けんでん》すればいい。そうすれば土屋は姫の座から陥落する。彩音がヘマしなければ姫の座を獲得し、すべて丸く収まる。

サブプランとして用意していたイケメンとくっ付ける作戦が出来るじゃないか。今回の場合は姫である土屋が惚れているわけだし、相手のイケメン君に俺が交渉を持ちかければいい。

相手は一度断っているらしいが、頑張れば何とかなるだろう。男は単純な生き物だし、顔とか胸とかアピールすれば靡くはずだ。少なくとも俺がここから土屋を口説くよりは可能性が高いと断言できる。

それでこの生活ともおさらばだ。

土屋のことはもう諦めている。よし、やってやろう。

「わかった。手伝うよ」

「……いいの？」

「当然だ。ピンチの時に手を貸すのが友達だからな」

打算にまみれた友情を口にすると、土屋は感極まった表情を浮かべた。

「昔から佑真君は優しかったよね。いつも親身になって相談に乗ってくれて、助けてくれたよね。本当にありがとう」

相談内容を覚えていないとは言えないな。

感謝の言葉を述べた後、土屋は緊張感のある顔になった。

「だから、佑真君にだけは伝えておきたいの」

「伝える？」

「わたしの秘密。手伝ってもらうわけだし、誠意を見せないのは失礼だと思うの。それにどうせ仲直りのお手伝いをしてくれる途中でバレちゃうから。その前に自分の口で言うね」

秘密？

このタイミングで？

もしかして告白した相手が特殊な人間とかだろうか。もしかしたら大人だったりしてな。学校の先生が相手とかだったら難しくなるな。最悪なのは相手が妻子持ちだった場合だな。その場合には完全にお手上げなわけだが。

しかしながら現実ってのは想像を超えるものだ。

「わたしね、昔から格好いい女の子に憧《あこが》れてるの」

「……？」

「だから、告白した相手も女の子なの」

はい、作戦終了です。

イケメンとくっ付かない時点で姫の人気は下がらない。むしろ一部から更に評価が上がりそうなカミングアウトだ。

頭を叩《たた》かれたようなショックに襲われながら、疑問が浮かぶ。

「ちょっと待て、好きな相手はあの『つばさ』じゃないのか？」

「そうだよ。わたしが好きなのは不知火翼《しらぬいつばさ》ちゃんだよ」

「……」

不知火翼は学園が誇る姫だ。

圧倒的な女性人気を誇る姫で、いつも女子生徒に囲まれている。王子のような立ち振る舞いで女子を虜にしている姫。

土屋とはよく一緒にいる場面を見かける。その関係は親友と呼ぶにふさわしいものだ。

「驚いたよね？」

「さ、さすがにビックリしたっ」

「……変だよね、やっぱり」

　そう尋ねる土屋は不安そうだった。

「別に変じゃないだろ。多様性が叫ばれる時代だしさ。男だってイケメンに憧れることはあるし、不知火くらいイケメン女子なら理解できるぞ」

　頭が現実に追い付いていないながらも、とりあえず無難そうな言葉を選んでみた。

　上手く言えたわけじゃないが、俺の言葉に土屋はホッとしていた。

「ありがと。佑真君ならそう言ってくれるって思ってた」

「趣味や好みは人それぞれって言うしな」

　俺だって自分の趣味のせいで姫攻略させられているからな。

「それが理解できない人が多いから誰にも言えなくて辛かったんだ。でも、佑真君にだけは打ち明けてもいいんじゃないかなって思ったの。中学の頃、佑真君は凄く親身になってくれたでしょ。佑真君のおかげで翼ちゃんと親友になれたんだよ。同じ高校を目指せってアドバイスは本当に的確で助かったんだ。勢いだけで告白してたら友達にもなれなかったかも」

　そんなアドバイスをしていたのか、中学時代の俺は。

　土屋が信頼してくれているのは素直に喜ばしい。喜ばしいのだが、どうにも複雑な気持ちになってしまうのは致し方ないだろう。

「それで、仲直りの件だけど大丈夫そうかな？」

不安そうな顔で問われ、俺は慌てて。

「お、おうっ。任せてくれよ」

「ホント⁉　じゃあ、よろしくお願いします」

立ち上がった土屋は深々と頭を下げる。

「大船に乗ったつもりで待っててくれっ。進展があったら連絡する」

唐突なカミングアウトに冷静さを欠いた。頭の整理もできないまま勢いで答えてしまった。


土屋から衝撃のカミングアウトをされた日の夜。

俺は部屋のベッドで横になっていた。

勢いだけで面倒な仕事を引き受けてしまったという後悔もあるが、それ以上に土屋が明かしてくれた秘密のほうに驚いて何もやる気が起きなかった。

土屋には男に関する噂がなかった。中学時代からモテモテだったのに彼氏がいるとかそういう類いの話は一切なく、高校に入っても男の影は皆無だった。

その秘密がこれか。

女神様の抱えていた秘密に頭がパンクしそうだ。

「……おまけに相手があの姫王子とはな」

姫ヶ咲学園総選挙第五位・不知火翼。

彼女は〝火の姫王子〟という二つ名を持っている。姫なのか王子なのかどっちだよ、と言いたいところだが今回ばかりは絶妙な二つ名と褒めておこう。

姫王子の特徴はわかりやすい。そりゃもう非常にわかりやすい。

不知火翼はイケメン女子だ。

どこぞの歌劇団で男役トップスターに輝いていそうなタイプだ。中性的な顔立ち、高い身長、ハスキーなボイス、短くカットされた髪型。女子の制服を着ていなければ男子と間違えてしまいそうになるほどだ。

性格も紳士的らしい。

らしい、というのは俺が不知火について知らないからだ。

不知火は今年になって初めて姫に選出された。

ずっと上位にはいたのだが、今回急に順位が上がったのは後輩の女子生徒から支持を集めたからだ。来年はトップを狙《ねら》えるのではないか、と密かに囁《ささや》かれていたりする。

そう、彼女は圧倒的な女子人気を誇っている。

昨年から注目はされていたが、先輩よりも後輩にウケがいいらしい。今ではファンクラブなども設立され、常に女子に囲まれている状態だ。

土屋とは一年生の頃から行動を共にしていることが多かった。同じクラスだから仲良くなったのだろうと大して気にしていなかった。

あいつがイケメン転校生だったとはな。

中学時代、隣の中学に転校してきたイケメンの噂は聞いていた。まさか女子とは思っていなかった。俺が土屋から聞いていたのは「つばさ」という名前だけだったし、イケメンという話から男だと勘違いしていた。

自分で調べようとも思わなかった。だってイケメンとか言われたら男子だと思って興味湧《わ》かなかったし。

土屋は俺に相談してきたわけだが、その時は性別について触れなかった。隠したかったのだろう。多様性が認められる時代に変わりつつあるが、これは簡単な問題ではない。

秘密を打ち明けてくれたのは失恋のショックと焦《あせ》りから。そして、俺を友達として信用してくれているからだ。誰にも言い触らさないと信じてくれたからだろう。

無論、言い触らすつもりはない。

今はもう土屋に対して恋心はないが、嫌いになったわけではない。自分の恋が実らなかったからといって逆恨みするとかダサすぎる。そもそも女の子が好きなら最初から俺は対象外だったわけだし。

だからこそ微妙な心境だったりする。

好きだった土屋からのカミングアウトは意識の外からの攻撃とでも言うべきか、俺の脳を激しく揺さぶってくれた。

「……」

こういう時は頭を空っぽにしよう。

動画サイトを開いた。しばらく適当な動画を漁っていると、推しの配信が始まった。

『今日も元気に舞い降りました。あなたの心に小さな灯火を、毎日を楽しく生きる個人勢VTuberの不死鳥フェニです』

画面から聞こえてきたのは甘い声。

『みなさん、こんフェニです。今日は雑談枠です。最近はゲームばっかりだったから、たまには気分を変えてお喋《しゃべ》りしましょう』

燃えるような赤い髪の少女で、不死鳥が擬人化したキャラデザとなっている。

現在、俺が最も推しているVTuberがこの不死鳥フェニだ。

トップ層のVTuberに比べると同接も知名度も劣るが、個人勢としてはそれなりに頑張っている。

半年足らずで収益化したのがその証しだ。

『えっと、フリートークは難しいから話題を募集します』

フェニがそう言うと、ちらほらコメントが打たれる。

コメントの多くは夏休みに起こった事件についてだ。

『話題を募集したらそうなっちゃうよね。えっと、あのね……実はその件はまだ解決してないんだ。

フェニ自身もすごく困っていて、早く仲直りしたいんだけどね。今のところどうしていいのかわからない状態なの』

　事件とはフェニが親友の少女に告白されたというものだ。

『あっ、知らない人もいるよね。それじゃ最初から説明するね。フェニには親友がいるんだ。その親友と夏休みに遊んだんだけど、遊んだ帰りに告白されちゃったの。ビックリしちゃったよ。急に言ってくるんだもん』

　初見の人はその話に驚いている。

　そりゃ驚くよな。初めて聞いた時は俺も信じられなかった。

『フェニはそういう目で親友を見てなかったの。だからお断りする感じになったんだけど、それから関係がギクシャクしちゃったんだ。けどね、フェニはまた親友に戻りたいんだ。フェニにとってその親友は凄く居心地が良いっていうか、友達としては本当に大好きだから』

　フェニは落ち込んだ声を出した。

　親友から告白されて関係がギクシャクしてしまった。俺には無縁だが、世の中には様々な人がいるものだ。

　そういえば、最近どっかで聞いたようなエピソードだな？

「いやいや、ありえないよな」

　頭の中で浮かぶ妄想といっても過言ではない想像を消す。さすがにそれは都合が良いっていうか、ピンポイントな奇跡すぎる。

世の中には似たような経験をしている奴は多数いる。同性に告白とか女子校ならよくあるらしいからな。

フェニが苦しい心境を吐露すると、フェニを盛り上げようと投げ銭がいくつか飛ぶ。

『みんなありがとね！』

俺は投げない。

しばらく投げ銭は控えるつもりだ。

金がないとかそういうわけではなく、彼女に迷惑をかけないためでもある。俺のせいでフェニもまとめサイトに取り上げられてしまった。気持ち悪いファンが付いてると騒ぎになると彼女の迷惑になる。

見知った面々が投げ銭をするのをジッと眺めていると。

『そういえば、ヴァルハラ君はいないのかな？』

突然、フェニが俺のアカウント名を口にした。

その名前が出ると、コメント欄もにぎやかになる。

俺の存在はフェニの配信でちょっとした名物になっている。毎回配信が開始されると最初にコメントし、頻繁に長文投げ銭する俺はフェニに認知されている。フェニだけでなく視聴者の多くに知られており、ある種の名物視聴者みたいな存在になっているのだ。

――いるよ。今日はちょっと元気ないからコメント控えてた。

『えっ、元気ないんだ。それは大変だね。フェニはヴァルハラ君にいつも元気もらってるんだよ。だから、今度はフェニがヴァルハラ君に元気あげる番だね。ヴァルハラ君、頑張って』

俺にだけ向けられた「頑張って」の言葉。

推しからの励ましにテンションが上がる。全身に力が溢《あふ》れ、やる気が沸き上がってくる。

――ありがと。俺、頑張るよ。

コメントを返し、立ち上がる。

「うだうだ悩んでても仕方ねえよな。姫王子と接触するか！」

不知火翼とは面識がない。

どんな風に話しかけようか、どんな形で仲直りさせようか、あれこれ考えていたが全部どうでもいい。当たって砕けろだ。

推しに元気を注入された俺は姫王子と接触する覚悟を決めた。

「今日も素敵なお弁当ですね、翼先輩」

「ご自分で作ってるんですよね。料理も出来るなんてさすがです」

昼休み、俺は空き教室の窓から中庭の光景を見ていた。

不知火翼は本日も多くの女子生徒に囲まれている。

その光景はすっかり見慣れたものだが、最近はちょっと様子が異なる。夏休み明けから取り巻きの数が増えているのだ。

その理由は不知火と常に一緒にいるはずの土屋がいないからだ。土屋の存在は他の女子達から見ればさぞ邪魔者に映っていたのだろう。

土屋は不知火に惚れているわけだし、他の奴等《やつら》に奪われないように警戒していたと容易に想像できる。無意識に相手を威嚇とかしていたのかもしれない。

邪魔者がいなくなり、他の女子からすれば接近する大チャンスが到来した。そういうわけで近づいて来る女子生徒が増加しているわけだ。

俺にとっては喜ばしくない状況だ。

話しかける決心はしたのだが、いざこの状況になると声をかけにくい。女子の群れを突っ切って声をかける勇気は残念ながらない。強引《ごういん》に突破したら不知火に悪感情を持たれてしまうだろう。そうなったら仲直りさせるミッションに暗雲が立ち込める。

距離感が微妙になっている土屋に紹介してもらうわけにはいかないし、やっぱり最初の難関は接触する方法だろうな。

問題点は他にもある。

噂によると、不知火は男子が嫌いらしい。

話しかけてきた男子を突き放すような対応をしているらしい。おまけに取り巻きの女子達からも「あっちいけ」の視線と声を浴びせかけられる。そういった事情もあり、不知火にはあまり男子が近づかない。

「……昼もきつそうだな」

朝も話しかけようと思ったのだが、常に女子が近くにいたので声はかけられなかった。

推しのフェニから応援してもらったので頑張りたいが、楽しそうに会話をしている最中に割り込むのはマナー違反だ。チャンスが訪れるまで待とう。

放課後ならチャンスがあるかもしれない。あまり気は進まないが、下校途中を狙うのが正解だろうか。それなら一人の時に接触できる。

昼の接触は諦め、スマホを取り出した。

昨日、フェニは配信の後に動画を投稿した。彼女の活動はライブ配信が大半だが、たまに動画をアップする。

時間もあるし、コメントしておくか。応援してもらったお礼も言っておかないとな。

いつも通りイヤホンを装着し、大音量で動画を再生する。

「相変わらずいい声だな」

アップされたのは定番の歌ってみた動画だ。

歌自体はそこまで上手くはないが、彼女の甘い声に惚れこんでいる俺としては素晴らしい歌にしか聞こえない。

何度もリピートして、至福の時間を過ごした。

満足しかけたその時だった。

突然、凄まじい勢いで扉が開いた。

「っ」

何事かとそっちを見ると、不知火翼が立っていた。

突然の出来事にフリーズしていると、不知火がこちらに歩いてきた。初めて間近で見るその顔は非常に整った中性的な顔立ちで、その美しさにドキッとした。

どうして不知火がここに?

慌ててイヤホンを外した時、その理由に気付いた。いつの間にかイヤホンが抜けており、大音量でフェニの歌が流れていた。

「……」

不知火は大音量で歌が流れる俺のスマホを手に取った。すぐに動画を停止させると、何かを発見したようで目を見開いたまま固まった。

どうして固まった?

考えるまでもない。画面に映った不死鳥フェニに驚いたのだろう。

落ちつけ、冷静になれ。

自分で言ったじゃないか。VTuberはめちゃくちゃ人気がある。クラスの女子も男性VTuberの話をしていた。俺が見ていても別におかしくはない。

「すまない。音が漏れて迷惑だったよな」

先にフリーズから復活した俺がそう言うと、不知火はビクッと体を震わせた。

「え、えっと、今後気を付けてくれればいいよっ」

「わかった」

そして、俺は手を伸ばす。

「スマホを返してもらっていいか？」

「あぁ、すまないっ！」

不知火からスマホを返してもらう。

「それじゃ、俺はこれで」

ここは一旦《いったん》去ろう。

接触はするつもりだったが、さすがにこの状況は予想外だ。どうせ俺みたいなモブのことはすぐに忘れるはずだ。また後日、仕切り直そう。

そそくさと逃げ出そうとしたら背後から「待ってくれ」と声が掛かった。

「どうした？」

「あの、君の名前を教えてくれるかな。何度か見たことがあるから二年生というのはわかるんだけど、恥ずかしながら名前を知らなくて」

「神原《かんばら》佑真だけど」

「神原か……なるほど、そういうことか」

なるほど？

不知火は咳払《せきばら》いすると、わずかに頬《ほお》を染めた。

「神原佑真君、部活はしているかい？」

「帰宅部だけど」

「それは良かった。もし暇なら、放課後ちょっと話がしたいんだ」

「へっ？」

急にどうしたんだよ。

普通なら俺に嫌悪感を抱く場面だと思うが、表情を見るかぎり敵意はなさそうだ。不知火をよく知らないので意図がわからない。

だが、この誘いは好都合だ。

「時間ならあるぞ」

「だったら放課後、この空き教室で待ち合わせでいいかな？」

「こっちは構わない」

「ありがとう」

約束すると、不知火は感謝の言葉を述べて去っていった。気のせいでなければ嬉《うれ》しそうな表情をしていたようだったが。

軽い足取りで去っていく後ろ姿を眺めた後、俺は急いで教室に向かった。


放課後になった。

空き教室に向かうと、すでに不知火が待っていた。他には誰もいないようだ。目的が不明なので怖かったが、集団に囲まれてどうこうされるという可能性はなさそうで安心した。

「悪い、待たせたか？」

「大丈夫だよ。僕も到着したばかりだから」

デートの待ち合わせみたいな返しに苦笑しつつ、空いているところに座った。

「そういえば、よく一緒にいる女の子達はいいのか？」

「彼女達も部活があるからね」

「不知火は部活とかしてないのか？」

「去年はしていたけど、ちょっと問題が起こってね。今は帰宅部だよ」

問題という単語に引っかかりながらも納得した。少なくともここに取り巻きの少女達がやってこないのであれば安心だ。

会話が一度切れると、不知火が切り出す。

「本題に入るね。神原君、君はVTuberが好きなのかい？」

「っ」

これは素直に答えていいのか。

好きといったら嫌な顔をされると思ったら何となく反応しにくかった。

「あっ、勘違いしないでほしいんだ。別に悪い意味の質問じゃないから」

「……？」

不知火は咳払いをすると。

「僕から言わないとフェアじゃないよね。実は、僕は昔からVTuberが大好きなんだ」

「マジか？」

あまりにも意外なカミングアウトだった。

姫の中で最も情報がないのが不知火だ。イケメン女子で、女子にモテモテという情報以外はまるでなかった。

勝手な印象でアウトドア系の陽《よう》キャ女子のイメージを持っていた。VTuberが好きというのは完全に予想外だ。

「驚いたかな？」

「めちゃくちゃビックリした」

「出来ればこのことは秘密にしてほしい。周りの子達にも言っていないことだから。知られると、少し面倒になりそうでね」

「安心しろ。言い触らす気はない」

気持ちはわかる。

周囲の目が気になってしまうのがオタクって存在である。VTuberは人気を博しているが、アンチが多いってのも十分に理解している。

しかもオタク系のイメージから最もかけ離れている不知火だ。この趣味が知られたらどうなるのか想像したくもない。本人もそれがわかっているのだろう。

「ありがとう。助かるよ」

不知火は安堵の息を吐いた。

「なあ、本当にVTuberが好きなのか？」

「大好きだよ。グッズとかも買ってるからね」

「ガチじゃねえか」

「結構なガチ勢と自負しているよ。部屋の中はグッズまみれだし、動画サイトの高評価欄はVTuber関連で埋まっているといっても過言じゃないからね」

俺と同じか、それ以上だな。

「じゃあ、話っていうのは――」

「神原君の趣味が僕と同じだったからだよ。神原君も好きなんだよね？」

拾った時の画面からわかったのか。不死鳥フェニの歌を聞いていたから当たり前といえば当たり前か。

「大好きだ！」

「だよね。神原君とVTuberについて語り合いたいと思ったんだ」

不知火がVTuber好きな同志だったのは驚いたが、これは距離を近づけるチャンスだな。ここをきっかけに話を広げていくとしよう。

その後、俺と不知火は楽しくお喋りをした。

しばらく会話してわかった。不知火はガチ勢だ。

「3Dライブは最高だよね。普段の歌枠も好きだけど、ライブは特別感が増してる感じがするよね。あの一体感というか、コメント欄との一体感が素晴らしい」

「わかるぜ。テンション上がりまくるよな」

「あんな大勢に視聴されて歌うなんて、僕だったら緊張しちゃうよ」

「確かにな。数百人の前で喋るのでも震えるのに、数万とか絶対無理だ」

いつの間にか目的も忘れ、V談義で盛り上がっていた。

「男のVTuberはあんまり見ないのか？」

「基本的に女性ばかりかな」

男嫌いの噂は真実かもな。

そんな感じでしばらく話をして盛り上がった。好きなVTuberの趣味も近く、非常に楽しい時間だった。

数十分が経過した頃。

「……ところで、神原君」

「どうした？」

「聞いていなかったけど、君の推しは誰なのかな」

緊張した面持ちで尋ねてきた。

「マイナーだけどいいか？」

「その辺りにはこだわらないよ」

「さっき見たかもしれないが、去年の夏から配信を始めた〝不死鳥フェニ〟って名前のVTuberだ。ちなみに企業勢じゃなくて個人勢だ」

「っ」

名前を出した瞬間、不知火がビクッと震えた気もしたが俺は自分の推しについて口早に続ける。

「個人勢としては頑張ってるが、どうしても人気どころと比べると知名度はないよな。特に他のVTuberと絡《から》みもないし。でも、めちゃくちゃいい子だから覚えておいて損はないぞ」

VTuberといえば昨今は企業勢が圧倒的に強く、個人勢は弱い傾向がある。そもそも母数が増え過ぎているので埋《う》もれてしまっているのだ。

人気のある個人勢といえば元々中身が有名な人だったりする。人気絵師だったり、有名人だったりするパターンだ。素人が一から始めるとしたら、今はもうかなり厳しい状況にある。

「えっと、その……僕も彼女の配信を見たことあるんだ」

「マジか⁉」

「う、うん」

不死鳥フェニを知っているとはな。

数少ない俺の友人達は誰も知らなかった。こんなところに彼女を知る人物がいたことに驚いた。

「どこが好きなのか聞かせてほしい」

「長くなるが、語っていいのか？」

「う、うん。神原君がどこにハマったのか知りたいんだ」

よし、存分に語ってやろう。

「まずは声だ。彼女はめちゃくちゃ声が可愛《かわい》い。天使かと勘違いしてしまうくらい素敵な声だ。女性らしいっていうか、鬱陶《うっとう》しくない程度に甘い声で可愛い。キャラデザとマッチングしていて、非常に魅力的だな。それから――」

声がきっかけだった。

VTuberにハマった当初、俺は企業勢の人気どころを追いかけていた。

どの分野でもそうだが、人気になるにはやはり理由がある。ガワは非常に可愛く、声も可愛く、おまけにトーク力が高い。歌声だって素敵だし、楽しそうにゲームをプレイする姿は見ているだけで癒《い》やされたものだ。

ただ、彼女達はファンが多い。

それはもう圧倒的に多いのだ。コメントはあっという間に流れ、どれだけコメントしても全然読まれない。認知してもらうなど夢のまた夢だ。

ある日、運命的な出会いをした。

それが不死鳥フェニだった。

動画サイトがたまたまオススメしてくれたのだ。暇だったので覗《のぞ》いてみると、彼女の声に俺は一瞬で虜になった。それから過去の動画や生放送をチェックした。

「コメント読むのも上手いんだよな」

完全にハマったのはコメントを拾ってくれた時だった。コメントに答えてくれるのが嬉しくて、いつの間にか彼女に夢中になっていた。

「歌声もいいな。めちゃくちゃ上手いわけじゃないけど、頑張ってる感じが伝わるんだ。声以外で推してるのはまさにその頑張ってるってところだな。フェニは努力家で、ゲームだって下手だけど一生懸命さが伝わるんだよ」

「えへへ、そっかそっか」

何故《なぜ》おまえが顔を赤くしている？

ジト目を向けると、不知火はハッとしたように我を取り戻した。それから誤魔化《ごまか》すように数回咳払いをした。

「ここまで話して神原君のことは理解したよ。同じ趣味を持つ同志で、おまけに話していて感じのいい人だとわかった」

「評価してもらったみたいで嬉しいぞ」

「そんな神原君に相談があるんだ」

不知火がまじめな顔に変わった。

相談？

知り合って間もない俺に相談というのはおかしな話だが、共通の趣味を持つ不知火だ。VTuber関連の相談だろうな。

「内容を聞かせてくれ」

「昔から同性に好かれるんだ」

全然違った。

「結構きついんだ。友達だと思っていた相手から急に想《おも》いを告げられるのは困るというか、僕自身はそういう目で見ていないんだよ」

同性にモテる不知火ならではの悩みだろうな。

気持ちはこれっぽっちも理解できない。同性にも異性にもモテない俺にはまるっきり縁遠い話である。本当の意味で理解できる日は永遠に訪れないだろう。

ただ、想像はできる。

仮に俺が男から告白されたら受け入れるのは難しい。そういう対象として見られていたという事実にしばし悩むだろう。かといって邪険にはしにくい。気が合っているから友達しているわけだし。距離感と情緒がおかしくなりそうだ。

偶然だが、似たような悩みを抱えている人を知っている。

先ほどから話に出ているVTuberの〝不死鳥フェニ〟だ。

推しである彼女もまた、何度も同性から告白されている。夏休みには親友から告白されたというエピソードを持っている。

奇妙な縁になるが、ネットで笑いものにされ、姫攻略をする羽目になったあの長文投げ銭を送ったのがまさにその件である。

もっとも、フェニの場合は事情が違うはずだ。フェニの甘くとろけるような声から中身は可愛らしい女の子だと想像できる。彼女の場合には可愛すぎて告白されてしまうのだ。

「どうして俺に相談を？」

「恥ずかしながら僕には異性の友達がいないんだよ。それどころかまともに話せる相手もいない。男子目線からのアドバイスが欲しかったんだ」

確かに不知火が男子と話している場面は見かけない。

「そんなに困ってるのか？」

「部活の話をしたと思うけど、辞める原因になったのも実はこれなんだ。騒ぎが起こったから退部するしかないって事態になってね」

部活のほうもモテすぎて問題を起こしたから辞めたのか。生活に支障が出るレベルでモテるとか一度は経験してみたいものだ。

真剣な相談だったので俺も頭を働かせてみたが、残念ながら妙案は浮かばない。

「申し訳ないが、力になれない。俺には同性にモテる気持ちがわからないし、アドバイスとか出来そうにない」

同志の力になりたいが、こればかりはどうにもできない。

「ううん、気にしないで。変な相談してこっちこそ申し訳ない」

不知火が肩をすくめる。

恋愛関係の話が出たし、ここが切り出すポイントだろう。俺もまじめな顔を作って不知火を見る。

「こっちも本題に入らせてもらっていいか」

「……本題？」

「土屋美鈴との関係についてだ」

その名を出した瞬間、不知火の瞳《ひとみ》が大きく開かれた。

「どうして神原君が美鈴との関係を？」

「土屋から聞いたんだ。彼女が夏休みに不知火に告白して、今は気まずい関係になっちまったこともな」

俺がそう言うと不知火は狼狽《ろうばい》した。

「えっ、あの美鈴が神原君に喋ったのか。いや、それ以上にどうして美鈴と神原君がそんな話をしてるんだいっ⁉」

混乱するのも無理はないだろう。

姫ヶ咲に入学してから俺と土屋は全然会話をしていない。無関係だと思っていたのだろう。それが急に告白した件まで知っていたら狼狽《うろた》えるのも無理ない。

「ビックリするのはわかるが、一つ聞きたい。土屋と仲直りしたいか？」

「え、うん……もちろんだよ」

それが聞けてよかった。

「きっかけがなくてね。あれ以来、どうも近づきにくいんだ。向こうもそうみたいでね。距離をどう縮めていいのかわからないんだ」

告白前の失恋しか経験のない俺だが、実際に告白して失恋したらその後も同じように関係を続けられる自信とかない。

元々親友だったなら余計にそうだろう。

「だから、俺が仲を取り持つんだ」

「神原君が？」

「実はそのために不知火と接触しようとしてたんだ。土屋から仲裁役っていうか、間を取り持ってほしいって頼まれたんだ。話しかけるタイミングをずっと狙ってた」

経緯を説明すると不知火は「なるほど」と納得した。

「……その前に、神原君と美鈴の関係を聞いてもいいかな」

「友達だ」

「友達⁉」

驚きすぎだろ。

「美鈴に男子の友達がいたなんて知らなかった」

「中学が同じだったんだ。でもって、俺の妹が土屋の後輩だ。しかも結構仲がいい」

「妹って……そうか、あの小柄な彼女か。確か神原という苗字《みょうじ》だったね」

どうやら彩音の存在は認知していたようだ。

中学時代に俺が土屋を好きだったという話はしないでおこう。それを言うと余計にギクシャクした感じになりそうだしな。

「高校に入ってからあんまり話してなかったけどな」

「そういえば、前に一度だけ美鈴から聞いたことがあったかな。中学の頃によく相談に乗ってもらってた優しい男子の話を。それが神原君だったのか」

俺の話もしていたのか。

罵倒ではなく褒めてくれていたようで気分は良い。

「不知火も仲直りしたいってことでいいのか？」

「そうだね。美鈴は僕にとって大切な親友だから」

「了解。土屋には俺から話をしておく。場所をセッティングするから、二人でよく話し合ってくれ。俺に聞かれたくない話もあるだろうからさ」

「ありがとう、お願いするね」

ミッション完了だ。

冷静さを欠いた勢いだけで引き受けたが、ひとまず無事に完遂した。

「でも、神原君は優しいんだね。友達の仲直りのためにわざわざ僕に接触しようとしていたんだよね。友達思いなところは素敵だと思うよ」

言えない。

あの時は冷静さを欠いてしまった勢いから引き受けた仕事であり、元々こうなっているのは自分の秘密を晒《さら》されないために姫攻略をしていたからだとは。

冷や汗を流しながらも、俺は爽《さわ》やかな笑顔で。

「お、おう。友情は大切だからな！」

心にもない言葉を口にした。


「おはようございます、翼先輩」

「今日もいい天気ですね」

「相変わらず翼様は素敵すぎますわ」

登校した俺の目に映ったのはいつもの光景だった。

不知火翼が多くの女子を引き連れて廊下を歩いている。その姿はアニメに登場する王子と、その取り巻きの貴族令嬢といった印象を受ける。

ジッと眺めていると、集団にある人物が近づいてきた。貴族令嬢の方々は示し合わせたように道を開けた。

「おはよう、翼ちゃん」

土屋美鈴が挨拶しながら姫王子の隣にやってきた。

それはもう王子と婚約者の姫様という感じで非常にしっくりきた。完成された絵画のようなカップリングには神々しさすら感じた。

「おはよう、美鈴」

あれから数日が経過した。

不知火と土屋は無事に仲直りし、今ではすっかり親友に戻っていた。

二人が何を話したのかは知らない。俺はただ場所のセッティングだけして、その後については二人に任せた。翌日には夏休み前のような状態に戻っていた。

「へえ、仲直りしたんだ」

隣の席から声がした。

「ちょっと前までケンカしてたっぽい雰囲気だったのにさ。まっ、あの子達ならすぐに仲直りすると思ったけど」

「気にしてたのか？」

風間は廊下を見つめてつぶやく。

「知らない仲じゃないからね」

そういえば、風間とあの二人は一年生の時に同じクラスだったな。あの時は不知火が姫じゃなかったが、美少女が同じクラスに揃《そろ》っていると沸いていたのは記憶に残っている。

友達だったのか？

詳しく聞いてみたい気もするが、俺が姫に興味を持っていると悟られたら面倒だし止めておこう。

「けど、私が気になるのは二人のために奔走《ほんそう》したモブキャラ君のほうかな」

「っ」

　見てたのかよ。

「な、何のことだ？」

「別に隠さなくてもいいじゃん。悪いことしたわけじゃないんでしょ？」

「俺は何もしてないぞ」

「へえ、姫王子と放課後の空き教室で密会してたのに言い逃れするんだ」

　完全にバレてるじゃねえか。

　風間は俺の耳に顔を近づける。

「で、実際のところはどうなの。ケンカした理由とかよく知らないんだけど、神原君が関係してるんでしょ。気になるから教えて——」

　その時だった。

　廊下にいた不知火がこっちを見た。

　目が合うと一瞬笑顔になったが、何かに気付くと急に不機嫌になってしまったようでそっぽを向いた。

　どうしたんだ？

「……神原君、もしかして凄いことしちゃった？」

「どういう意味だ」

「わからないならいいよ」

今度は風間が機嫌を悪くしたらしく、友達のところに向かっていった。

何だあいつ、急に意味深な発言をしたと思ったら。

様子がおかしな風間に疑問を覚えたが、考えてもわからないので放っておいた。どうせ俺には関係ない。


時間は流れ、昼休み。

いつものように空き教室でスマホをぽちぽちしながら適当に時間を潰《つぶ》していた。そろそろ教室に戻ろうかと考えていたら、突然扉が開いた。

「あっ、佑真君。やっぱりここにいたんだ」

土屋が入ってきた。

「どうしてここが？」

「幸奈《ゆきな》ちゃんから聞いたんだ。佑真君はよくここにいるって」

あのお喋り妖精が。

教室に入ってきた土屋は俺の前に座った。豊満な胸元に視線が向かいそうになるが、頑張って欲望を抑えた。

「まだしっかりお礼言ってなかったね。ここ数日は翼ちゃんと離れていた時間を埋めることを優先したけど、佑真君にお礼を言いたかったんだ。今回は本当に助かったよ。ありがとね」

「力になれたみたいで良かった」

といっても、俺がやったのは不知火とVTuberの話で盛り上がっただけだ。後は場所をセッティングしてそれで終了だった。

元々どっちも仲直りしたがっていた。何もしなくても遠くないうちに仲直りをしていただろう。

そうは思うのだが、俺って生き物は姑息《こそく》で卑怯《ひきょう》な人間だ。自分の印象が良くなったのだからあえて訂正はしない。

「あのね、翼ちゃんの近くに戻ってわかったの」

「何を？」

「わたしね、まだまだ翼ちゃんが好きみたい。むしろ離れていた時間が好きを加速させた感じかな。だから絶対諦めない。必ず翼ちゃんを振り向かせてみせるからっ」

断言した土屋はどこか吹っ切れた様子だった。

その熱い瞳に胸が痛くなった。

この想いが俺に向けられる日は永遠に来ないのだと理解した。

昔好きだった女の子が同性の親友に告白し、失恋してから仲直り。これを間近で見る気分はどうにも複雑というか、感情がぐちゃぐちゃになった。見るどころか手伝ってしまったので余計に変な気持ちになる。

一番複雑なのは今の土屋がこれまでで最も魅力的に映ったことだけど。

「一度くらいの失恋で心折れてたら恋愛なんて出来ないもんね。ただでさえ性別って壁もあるし、こんなところでへこたれてたらダメだよね。ここからもう一度やり直すよ」

その姿はかつて、土屋を諦めた自分自身とは違ってまぶしく映った。

だからだろう。

「頑張れよ。応援してるぞ！」

俺の口から飛び出したのはそんな言葉だった。

……あれ、応援していいのか？

土屋を攻略するはずだったよな。

口にした直後に脅されている現実を思い出したが、さすがにこれは無理だろ。今の状態から土屋を口説くとか不可能だ。完全に友達ポジションに収まってしまったわけだし、恋愛に持っていけるような雰囲気でもない。

けど、あの腐れ妹なら次は不知火を狙えとか言いそうだな。

仮にそう言われたとしても、こちらは土屋よりも更にきつい。男を嫌っており、女子から圧倒的な人気を誇る不知火を俺が落とせる可能性は皆無だ。そもそも不知火に迫ったら目の前にいる女神様に命を狙われかねない。

アレだ、この二人に関しては無理だったと素直に言おう。

文句は吐かれるだろうが、あいつも俺にそこまで期待してはいないだろう。

疎遠になりそうだった女友達と再び友人関係に戻れたし、同じ趣味を持つ少女と仲良くなった。

これはこれで良い成果だ。

「それで、佑真君」

「どうした？」

「また困ったことがあったら相談に乗ってもらっていいかな。昔みたいに」

「……たまにならな」

「ホント⁉　ありがとね！」

それにだ。他の男子が見られない無邪気に喜ぶ女神様の姿を間近で見られる。これはこれで大きな価値がある。

「佑真君も困ったことがあったら言ってね。全力で力になるから！」

今がまさにその時なのだがな。

話が終わり、土屋は教室を出て――

「早速だけど、相談に乗ってもらっていいかな？」

「えっ」

教室を出ると思ったが、鼻息荒く迫ってきた。

「今回、佑真君は実際に翼ちゃんと接触したよね。そこで、男子目線から翼ちゃんの印象とか感じたことを聞きたいの。今後に向けて準備はしておかないと」

諦めの悪い女神様の姿に俺は苦笑いした。

放課後になり、俺はカバンを持って席を立った。

土屋から感謝されどこか清々しい気持ちになっていた。自分が正しい行いをしたのだとテンションが上がっていた。

とはいえ、不安がないわけじゃない。

姫攻略ミッションに失敗した。日曜日の定期報告で彩音からボロクソに言われる未来が待っていると考えたら憂鬱な気分にもなる。

今考えてもしょうがない。そう思って教室から出ると。

「やあ、神原君」

「不知火？」

廊下に出てすぐのところで不知火とばったり出会った。

偶然、ではないだろう。明らかに俺に用事があってやってきた様子だ。

「あれって姫王子様じゃない？」

「どうしてここに」

「話してるのって神原君だよね」

周囲の声が耳に届く。

注目になれていない俺は非常に居心地が悪かった。一刻も早くここから立ち去りたい。

「話があるんだけど時間はあるかい？」

「時間はあるが、出来ればここを早く去りたい」

「なら、例の空き教室でどうだろう」

「別に構わないぞ」

「じゃあ、先に向かっていてくれ。僕も準備をして向かうよ」

俺はそそくさとその場から離れ、空き教室に向かう。

空き教室で数分待っていると、不知火がやってきた。席はいくつも余っていたが、迷わず隣に座った。

近いとは思ったが、誰にも知られたくない話だから用心しているのだろう。VTuber関連の話題が他人に聞かれると面倒だしな。

「遅れてゴメン。途中で捕まっちゃって」

「気にするな。それより、用件は？」

「うん……前に僕の悩みを話したよね」

もちろん覚えている。同性からモテまくって困るという悩みだったな。

そもそも今回の一件も元々は不知火がめちゃくちゃモテることに端を発したものだ。これに関しては不知火が悪いわけじゃないけど。

「僕なりに打開策を考えてみたんだ」

「ふむ。聞かせてくれ」

「実はね、その打開策として神原君に頼みがあるんだ」

俺に頼み？

「たまにでいいから校内で僕と喋ってほしいんだ」

「どういう意味だ？」

「同性から告白される理由の一つに、僕が男子とお喋りしないというのもあると思うんだ。どうも僕は男子が嫌いだと考えられてるみたいでね。それで、何故か女子が好きという噂が流れているそうなんだ」

「えっ、苦手じゃなかったのか？」

素直に驚いた。

「得意ではないけど、男子を嫌っているわけではないんだ」

「だったらどうして喋らないんだ？」

「意外かもしれないけど、単純に男子が怖いんだ。ほら、当たり前だけど僕よりも大きくて力が強いだろ。もし襲われたら、と考えたら怖くてね」

怖いというのはこれまた意外だった。

なるほどな。外見は男子っぽいとはいえ、中身は女子ってわけだ。

いくら中性的な顔立ちといっても、男子とケンカとかしたら分が悪いのは当然だ。モテモテの不知火に対して敵意を抱いている男子がいてもおかしくはない。多分いないだろうけど。

「それに、女子に囲まれるようになってからは何となくだけど男子には近づけなくてね。僕が近づこうとしたら周りの子達が男子に敵意を向けちゃって」

憧れの姫王子が男子と仲良くしているのは面白《おもしろ》くないってわけだな。

「取り巻きの女の子を引きはがすのは？」

「慕ってくれている子を無理に引きはがすのはちょっとね。僕がわがまま言っているのはわかっているんだけど」

若干迷惑はしているが、慕ってくれている女の子に嫌われるのは遠慮したいわけだな。

事情を聞くと不知火も可哀想《かわいそう》だ。男と話さないから勝手に男嫌いだと思われ、同性が好きだと勘違いされた。

負のスパイラルだな。

「だから、神原君にお願いしたいんだ。たまにでいいから僕と喋ってほしい。そうすれば周りの人達も理解してくれると思うんだ。僕にも仲のいい男子がいるんだって。そうすれば多少は幻想が消え、告白も減るんじゃないかなって」

妙案かもしれない。

ただその場合、俺は取り巻きの女子からめちゃくちゃ反感を買いそうだ。

「俺である理由は？」

「っ」

「この役目なら他に適任がいると思うのだが。ほら、もっとイケメンとか。事情を全部話す必要はないが、困っている不知火に手を差し伸べてくれる奴は出て来ると思うぞ」

周りの女の子としては俺よりはイケメンのほうが許容できるだろう。

美男美女なら絵にもなるし、周囲のイメージも損なわなくて済む。相手が超イケメンなら周囲の連中も納得できるだろうし。

不知火は首を横に振った。

「神原君については今回の一件で性格がわかったから安心できるんだ。暴力とか振るう人じゃないのも理解してるつもり。男子が苦手な美鈴も神原君だけは高く評価していたからね」

ケンカとか暴力が嫌いなのは間違いないいな。

「他の理由もあるよ。神原君とまたVTuberの話をしたいんだ」

「……不知火の秘密を知ってるのは俺だけらしいからな」

「趣味の話が出来ないのは結構なストレスでね」

不知火の言い分には納得できた。

俺はしばし考えて。

「わかった。その提案に乗ろう」

「やった！」

この決断には理由がある。

不知火は姫であり、俺の攻略対象でもある。彩音の奴から狙えと言われるだろう。

男嫌いではないといっても不知火を口説くなど無理だ。そこで俺は考えた。学校で唯一この姫と仲が良い男子というポジションの美味《おい》しさを。

周囲の連中からすれば俺の存在は異質だろうし、取り巻きの女子からしたら面白くないだろう。これは攻略せずに不知火の人気を落とすチャンスだ。

気の長い作戦だし、効果がどれだけあるのかはわからない。しかし何もしないよりはいいはずだ。確率は少しでもアップさせておきたい。最終的に〝姫6《シックス》〟の誰かが姫の座から陥落してくればいいわけだし。

「それじゃ、神原君。これからもよろしく」

「こちらこそ」

俺達はガッチリ握手をした。

話が終わると不知火は去っていった。颯爽《さっそう》と歩くその姿は本物の王子のようであったが、嬉しそうな顔がどこか可憐な姫様っぽく見えた。やっぱり姫王子という二つ名はしっくり来る。考えた新聞部のセンスは抜群だと褒めておこう。

「ふぅ」

話が終わり息を吐いた瞬間、ふいに視線を感じた。

そちらに顔を向けると、扉の隙間《すきま》から土屋が俺を見ていた。

……えっ、なんか睨《にら》まれてね？

土屋は冷たい表情のまま、真っ黒な瞳で俺を睨みつけていた。まるで親の仇に向けるような憎しみがこもっている、気がした。

しばし目を合わせていると、怖い表情のままどこかに消えてしまった。

唐突に憎しみの視線を向けられて恐ろしくなった俺は重い気持ちで帰路についた。

学園の姫攻略始めたら
gakuen no himekouryaku hajimetara
修羅場になってた件
shuraba ni natteta ken

閑話
女神の独り言

わたしの初恋はテレビで見かけた女性だった。

某歌劇団の男役だった人で、一瞬で心を射抜かれた。彼女が物語に登場する王子様のように感じた。

でも、その恋が成就しないのは最初からわかっていた。

相手は大人だったし、有名人だったし、同じ性別だったし。

あれこれ言い訳を並べている内に憧《あこが》れの人は結婚してしまった。最後に見たあの人は素敵な王子様ではなく、美しいお姫様になっていた。その変化に寂《さび》しさを感じながら、わたしの初恋は終わった。

しばらくは誰《だれ》も好きになれなかった。

周りに魅力的な人がいなかった。男子も女子も恋愛的な目では見られず、ただただ月日が流れていった。

中学生になる頃には男子が嫌いになっていた。

理由は視線だ。自分の発育がいいのはわかっていたが、これがまた最悪だった。男子達の視線が露骨で、気持ち悪くて仕方なかった。

わたしは女の人が好きだと思ってたけど、違ったの？

同級生や先輩を見ても特に気持ちは動かなかったし、あの人と同じような格好いい女性を見てもそういう気持ちにはならなかった。もしかしたらわたしは誰も好きになれないのではないか、と怖くなって震えた日もあった。

あれは初恋だったのか、単なる憧れだったのか。

そんなある日、運命の出会いを果たした。

きっかけは噂だった。

『隣の中学に王子様みたいなイケメン女子が転校してきたらしい』

王子様みたいな女子という興味を惹《ひ》かれる噂だったけど、初恋のあの人を見た時の衝撃には敵《かな》わないだろう。

期待せず隣の中学に足を運び、噂の人物と出会った。

「……」

全身に電気が走った。

理想が歩いていた。男子に負けないくらい高い身長、整った顔立ち、抜群のスタイル、そこにいたのは憧れの人を超える本物の王子様だった。

一瞬で恋に落ちた。

恋愛経験のなかったわたしは友達に相談した。アドバイスに従ってゆっくりと事を運ぶことにした。

その間、裏でこそこそ情報収集した。王子様の名前は不知火翼《しらぬいつばさ》ちゃん。頭が良くて、運動も得意だという。その中で彼女が姫ヶ咲《ひめがさき》に進学するという情報を摑《つか》んだ。わたしは勉強に力を入れ、同じ高校に入学する決意をした。

無事に入学すると、彼女も合格していた。神様に願いは届くもので、偶然同じクラスになれた。

自分の気持ちを抑えて近づいた。

翼ちゃんは内面まで完璧《かんぺき》だった。さりげない気遣い、ドキッとするような発言、過剰ではないけどたまにしてくるボディタッチ。欠点はどこにもない、理想の王子様だった。

わたし達は友達になった。一年もすれば親友と呼べるほど関係が深くなっていた。

二年生になった夏休みのある日。

プールで遊んだ帰り、わたしはとうとうガマンできなくなった。自分の内に秘めた気持ちを翼ちゃんにぶつけた。

「――ゴメン。美鈴《みすず》の気持ちには応《こた》えられない」

世界が真っ暗になった。

生まれて初めての失恋にショックを受けたわたしはすべてにやる気をなくし、夏休み終盤は部屋から動けなかった。誰にも相談できなかった。失恋しただけならともかく、相手が女子だと知られたら両親にも友達にも引かれてしまう可能性が高い。

新学期になっても関係は元に戻らなかった。

わたしが側を離れると、翼ちゃんに憧れている女子達が動き出した。あっという間に自分の居場所が無くなった気がしてまた気分が萎えた。

「先輩、大丈夫ですか？」

落ち込むわたしに声をかけてきたのは神原彩音《かんばらあやね》ちゃん。

彼女は今年入学した後輩で、同じ中学の出身だ。中学時代は部活の後輩でもあった。少しドジっ子だけど、いつも笑顔で愛想が良い人気者。昔から可愛《かわい》がっていた子だ。

気落ちしていたわたしは肝心の内容を伏せ、悩んでいることを伝えた。

「だったら、お兄ちゃんに相談したらいいですよ」

「……佑真《ゆうま》君に？」

「はい。お兄ちゃんは相談に乗るのが上手《うま》いんですよ。今までも色々な相談を解決してきた実績があるんです。地味だけど、自慢のお兄ちゃんですから」

ハッとした。

神原佑真君は中学からのお友達で、同じ姫ヶ咲学園に通っている。中学の頃、よく相談に乗ってもらった友達だ。翼ちゃんと親友になれたのも佑真君が相談に乗ってくれたからだ。

男子が苦手なわたしが唯一友達と呼べる相手。他の男子と違って視線はいやらしくないし、こっちの気持ちを汲《く》み取ってくれる優しい男子生徒だ。

他に相談できそうな人もいなかった。

藁《わら》にも縋《すが》る気持ちで佑真君に自分の秘密を打ち明けた。笑われたり、馬鹿《ばか》にされたり、言い触らされたりする覚悟もしていた。

「別に変じゃないだろ。多様性が叫ばれる時代だしさ。男だってイケメンに憧れることはあるし、不知火くらいイケメン女子なら理解できるぞ」

理解を示してくれた。

その後、佑真君は当たり前のように手伝ってくれるといった。

説得は上手くいったようで、気付いたら場所のセッティングをしたと連絡があった。わたしは佑真君に感謝しつつその場に向かった。

「変なこと言ってゴメンね。驚いたよね？」

「まあね。正直ビックリしたよ」

「わたしね——」

ただの気の迷いといって謝っても良かったけど、わたしは自分の話をした。

「なるほど。正直、美鈴の気持ちに応えられる日が来るのかはわからない」

「……だよね」

「でも、それは置いておいて僕は美鈴とまた仲良くしたいよ。どうかな？」

それが聞けただけで幸せな気持ちになれた。わたしは迷わず頷《うなず》いた。

こうして無事に仲直りできた。

持つべきものは友達だ。

佑真君とはこれからもいい関係を築いていきたい。それに、佑真君を紹介してくれた彩音ちゃんにも感謝しかない。

神原兄妹はわたしにとって恩人だ。一生感謝して生きていこう。

仲直りしてから毎日が楽しくなった。同じ道を歩いているのにまるで光り輝く道を歩いているような気持ちになる。

以前よりも気持ちは強くなってるけど、焦《あせ》っちゃダメ。今回は上手くやらないと。

佑真君に感謝の言葉を述べた日の放課後。

わたしは翼ちゃんを誘うために教室に向かったが、誰もいなかった。スマホに連絡を入れようと思ったけど、約束もしていないのに連絡するのは重い女になってしまうかもしれない。

「……しょうがない。一人で帰ろう」

そう決めた時、翼ちゃんの姿を見つけた。

あれ？

声をかけようとしたら、翼ちゃんは空き教室の中に入っていった。

わたしはこっそり近づいて室内の様子を覗《のぞ》いた。空き教室の中では翼ちゃんが佑真君と楽しそうに喋《しゃべ》っていた。

「……」

黒い感情がこみ上げてくる。

けれど、すぐに頭を振って邪念を飛ばす。

我ながら嫉妬《しっと》深さが嫌になる。会話は聞こえないけど、用件はきっとわたしと同じだ。仲直りさせてくれたことを感謝しているに違いない。

そもそもあの二人がそういう関係になるはずない。

翼ちゃんは男子に興味とかない。前にお泊まり会をした時、恋バナをしたけど好きな男子はいないと言っていた。男子を好きになった経験もないらしい。

佑真君だってあんまり女の子に興味がないはずだ。

自分の体が女性らしい自覚はある。でも、佑真君は他の男子と違って邪《よこしま》な視線を向けてこなかった。そういうところが良かったから男子に苦手意識を持っているわたしでも友達になれたのだ。

心配する必要はない。

そう思っていたのに。

「えっ、距離近くない？」

二人は席をくっ付けて楽しそうにお喋りしていた。

さすがに注意したくなったが、それでも大丈夫だと自分に言い聞かせる。翼ちゃんは男子が苦手だ。進展するとかありえな――

「っ」

その時、信じられない光景を見た。

あの翼ちゃんが恋する乙女の顔になっていた。頰《ほお》を朱に染め、瞳《ひとみ》にはくっきりと好意がにじみ出ていた。

白馬に乗った王子様が、可憐なお姫様に変化しようとしていた。

「……ユウマクン、セツメイシテクレルカナ？」

学園の姫攻略始めたら修羅場になってた件

閑話
姫王子の独り言

「まさか、僕がこうなってしまうとはね」

配信を始める直前、昔のことを思い出した。

子供の頃から男子みたいだと言われていた。

実際、小学生の頃は男子に交じって遊んでいた。鬼ごっこしたり、ドッジボールしたり、大勢で遊ぶのが好きだった。自分は男の子ではないかと錯覚したこともあった。

でも、中学生になってしばらく経《た》ってから理解した。

僕は女の子なのだと。

理由はいくつもあるけど、一番それを感じたのは今まで遊んでいた男子に力で勝てなくなったからだ。昔は腕相撲でも互角だったし、ケンカしても負けなかった。いつ頃からか全然勝てなくなっていた。

自分が女と理解し始めた頃、周りの女子から「格好いい」とか「王子様」と言われるようになった。次第にその声が広がっていった。

親の都合で転校してからは顕著になった。

イケメン女子とか呼ばれるようになり、常に女の子に囲まれていた。

気の弱かった僕は嫌われたくない一心で周囲の期待に応《こた》えた。求められるのは格好よくて素敵なイケメン女子。だから、そうあるように振る舞った。

しかし実際の僕は違う。

ぬいぐるみが好きだったり、可愛《かわい》い小物を集めるのが趣味だったり、どこにでもいる普通の女の子だ。むしろ普通の女の子よりも可愛い物が好きだったかもしれない。フリフリの服も好きだし、物語のお姫様に憧《あこが》れていた。

外では王子を演じ、自宅では姫に憧れた。友達が離れるかもしれないから誰《だれ》にも秘密は打ち明けられなかった。

二重生活みたいな日々の中で何度も思った。

……このままでいいのかな?

高校生になると周りの子達はちらほらと彼氏を作りだした。今までは全然気にしなかったけど、羨《うらや》ましいと思う気持ちが芽生え始めていた。

僕も可愛いって言われたい。

一度そう思ったら止まらなくなった。

心とは裏腹に同性にモテまくった。可愛らしさではなく、格好よさのほうでモテまくった。適当に入った部活でもその件で揉《も》め、場を収めるために退部した。

葛藤を抱えていた時に出会ったのがVTuberだ。

まるで日常系アニメのような可愛さに胸を撃ち抜かれ、あっという間にハマった。グッズを集め出し、ライブ配信も欠かさず見ていた。

ふと、閃《ひらめ》いた。

僕もVTuberになればいい。現実じゃ無理だけど、配信でお姫様のような女の子になれるかもしれない。

早速行動を開始した。ネットで情報を集め、必要な物を購入した。

誰にも知られないようにこっそりVTuberになる準備を開始していたが、途中で母にバレてしまった。母に事情を話すと理解してくれた。それどころか配信の準備を手伝ってくれた。どうやら母には僕の葛藤が筒抜けだったらしい。

そして、完成したのがもう一人の自分。

『不死鳥フェニです。よろしくねっ』

不知火翼《しらぬいつばさ》という名前を捻《ひね》って作ったキャラだ。

好きなVTuberをイメージして声を作った。自分でもビックリするくらい甘い声が出た。

これで僕の正体がわかる人がいたら怖すぎる。あまりにも僕とフェニでは違う。これなら絶対にバレない。

──初見だけど声可愛いですね。

──めっちゃ好き。登録した。

──いい匂《にお》いしそう。応援してる。

多くの人が褒めてくれた。

今まで経験がない女の子の部分に対しての賛辞。それは僕の心に深く刺さった。心が満たされていくのがわかった。

どうせ誰にもわからないし、好きにやろう。

女の子の部分を隠さず、むしろさらけ出していった。配信では自分の部屋がピンク一色で、可愛い物が大好きだと公表していった。女の子の部分をアピールするほどコメントでは僕を持ち上げてくれた。

収益化に成功すると、多くの視聴者が祝ってくれた。

僕の女の子の部分に対し、お金を投げる価値があると言われているようで凄く気分が高揚した。

投げ銭を解禁すると、とあるアカウントの長文が目立った。彼の名前は【ヴァルハラ】といい、男子高校生らしい。

決して上手な文章ではないけど、毎回長文で僕を褒めてくれた。気持ち悪いコメントだと笑う人もいるだろうけど、僕はヴァルハラ君の言葉に救われていた。毎日のように褒めてくれる彼の存在が配信の支えになっていた。

そんな日々が続いていた高校二年生の夏休み。

親友の美鈴《みすず》に告白された。

頭が真っ白になった。美鈴からそういう雰囲気を感じなかったし、彼女だけは大丈夫だと思っていた。

「ゴメン。美鈴の気持ちには応えられない」

僕にそういう気はなかったので断ったのだが、その日から関係がギクシャクしていった。

美鈴との関係を修復できないまま二学期が始まった。

どうにもできない状況に内心苛立っていたあの日、衝撃的な事件が発生した。

ヴァルハラ君の正体が判明したのだ。

偶然だった。空き教室の前を歩いていたら僕が不死鳥フェニとしてアップしたばかりの歌が聞こえてきた。慌てて近づいて彼のスマホを確認すると、そこに不死鳥フェニが映っていた。それだけで心臓が止まりかけたのに、驚いたのはアカウント名に出ていたヴァルハラの文字だった。

確信したのはアカウントのアイコンだ。アイコンは昔放送されていたアニメの女の子で、ヴァルハラ君と同じだった。

ヴァルハラ君は投げ銭で自分が高校生だと明かしていた。年齢が近いのはわかっていたが、まさか同じ学校の同じ学年に居るとは想像もしていなかった。世間の狭さに驚く。

僕の恩人は普通の男子だった。

目立ったイケメンというわけではないが、酷《ひど》い顔をしているわけでもない。むしろ磨けば光るという印象だ。同じ学年なので何度か見かけたことはあったが、名前は知らない。

突然の事態に動揺しながらも、僕は彼と接点を持とうとした。

僕自身も自分の発言と行動に困惑していたが、恩人であり視聴者である彼に知らず知らず興味を持っていたらしい。

実は神原《かんばら》君は美鈴と友達だったらしく、間を取り持ってくれるという。彼のおかげで僕と美鈴は再び友人関係に戻った。

僕の中で神原君の存在がさらに大きくなった。

誰も褒めてくれなかった女の子の部分を褒めてくれる人。友達思いで優しい人。共通の趣味を持っている人。そして、僕を推してくれる人。

神原君に対して好意を抱くには十分な理由だった。

「もし、神原君に言ったらどうなるかな？」

僕が不死鳥フェニだと知ったら神原君はどうするだろう。

「……」

ダメだ。

推しと言ってくれたのはあくまでも不死鳥フェニに対してだ。僕に対して言ったわけじゃない。声も容姿も全然違うじゃないか。

男みたいな僕よりも女の子っぽい人が好きに違いない。

けど、フェニの中身は僕だ。優しい彼なら僕を受け入れてくれるかもしれない。もし受け入れてくれたら次の関係に進むはずだ。

「……次の関係か」

想像して何だか恥ずかしくなる。

このまま関係は切りたくなかったので相談を持ちかけた。我ながら無理のある内容だったが、神原君はこれを了承してくれた。

いきなり全部話しても混乱させてしまうし、神原君も受け入れられないかもしれない。でも、少しずつ女の子の部分を見せればどうだろう。そう、ゆっくりと時間をかけて惚《ほ》れさせていく作戦だ。

彼は僕の内面であるフェニを推してくれている。可能性はあるかもしれない。

周りを見ても神原君に興味を持っている子はいない。そもそも大半の子が彼を知らない様子だった。

ただ、一つ気になるのは幸奈《ゆきな》――風間《かざま》幸奈の存在。

彼女が隣の席だったのは予想外だった。神原君とは仲が良さそうで、楽しそうにお喋《しゃべ》りするその姿にイラっとした。

とはいえ、幸奈は一年生の頃から隣の席の男子と楽しそうにしていた。きっと今回も同じだろう。目立たない神原君をからかっているだけに違いない。そもそも可愛くてモテる彼女なら別のイケメンを狙《ねら》うだろうし。

ライバルはいない。

ひとまずはこのままVTuber大好きな同志として親睦を深め、徐々にお互いを知っていく。そして最後に正体を明かす。会話していく中でちょっとずつ匂わせていくのも悪くないかもしれない。

「……いつかは不死鳥フェニじゃなくて、不知火翼を推してほしいな」

最終的には僕を好きになり、神原君から告白してほしい。

そんな明るい未来を想像して、僕は配信を開始した。

学園の姫攻略始めたら修羅場になってた件

gakuen no himekouryaku hajimetara shuraba ni nattata ken

第三話
氷の姫君

「では、報告してくれたまえ。長文ニキよ」

俺《おれ》愛用のゲーミングチェアに深々と座り、炭酸飲料をごくりと飲み干した彩音《あやね》が口を開いた。

ちなみに俺は床で正座している。

こうなっている理由を説明するのはとても簡単だ。

現在は日曜日の夜。定期報告の名目で部屋にやってきた彩音は隠していたお菓子を勝手に食べ出した。おまけに俺が飲もうと思っていた炭酸飲料も強奪しやがったのだ。

イラっとしたので注意したら、先週と同じように脅されてこの光景が完成した。俺という人間は学ばない男らしい。

「ぷはぁ、やっぱ人から奪った飲み物は最高だわ！」

調子に乗りやがって、このクソガキが。

右手がこいつの顔面を殴れと轟《とどろ》き叫ぶが、その後に訪れる地獄を想像してグッと我慢する。

「じゃ、土屋《つちや》先輩から相談されたところから説明して」

「……その前に一つ質問だ」

「なに？」

「おまえは土屋の相談内容を知ってるのか？」

答えはわかっているが、聞いておかなければならない。

質問に彩音は首を振った。

「知らない。聞いたけど教えてくれなかったし、そこまで聞きたいわけじゃないし」

彩音に相談したところで意味はないからな。こいつは不知火《しらぬい》とさほど接点がないっぽいし。

土屋としても自分の秘密を知られたくなかったはずだ。俺に話してくれたのは中学時代に相談に乗った経験があったからだ。

それに、もし彩音の奴《やつ》が不知火に惚《ほ》れちまったら色々な意味で最悪だ。諸々の事情を加味して言わなかったのだろう。非常に賢明な判断だと言うべきだろうな。

後は単純に信頼されていないというのもあるだろう。

いくら外面を取り繕っても本性がこれだからな。にじみ出ていたのかもしれない。そこに多少優越感を覚え、思わず笑ってしまった。

「気持ち悪い顔してどうしたの？」

「生まれつきだ」

「あっそ。じゃ、さっさと話して」

「はいはい。といっても、仲直りさせただけだ」

その言葉に彩音が目を瞬《またた》いた。

「え、仲直り？」

ここまでの出来事を話した。

無論、土屋が女の子を好きという内容は伏せておく。これはおいそれと話していい内容ではないし、恋愛感情がなくなった今も別に敵ではない。秘密をこいつに教える必要はない。

単純に二人がケンカをして、仲裁をしたと伝えた。

「なるほど、そういう相談だったんだ。土屋先輩っていつも姫王子と仲良くしてるよね。ケンカしてたから落ち込んでたんだ。てか、あの二人でもケンカするんだね。意外かも」

彩音の奴も違和感には気付いていたらしい。

「ケンカの原因は？」

「さあな。俺はただ場所をセッティングしただけだ」

嘘《うそ》を吐いた。あえて真実を話す必要はない。

「まあ、別にそこはいいか。ケンカくらい誰《だれ》でもするし、すぐに仲直りしたんなら大した問題じゃなかったんでしょ」

勝手に納得してくれた。

「しかし姫王子か。難しいよね。女子人気が凄いからあたしも中々近づけないし」

「話してみたら意外と話しやすかったぞ」

「そうなの？　あの人って男嫌いで有名なのに。そういえば、兄貴って昔から変な女と仲良くなれる特殊能力みたいなの持ってるね」

「失礼なこと言うな」

大体、俺の知り合いで一番おかしな奴は目の前にいるおまえだ。そのおまえと仲良くないんだから変な能力は持ってないだろ。

「姫王子とはどんな話したの？」

「どんなって――」

「説得して仲直りまで持っていったんでしょ。だったらそこに姫王子と仲良くする鍵《かぎ》がありそうじゃん。今後のためにも知っておきたい情報ね。ほら、あたしも姫になるわけだしさ。姫同士は仲良くしてたほうが周りからの評価上がるじゃん」

相変わらずの自信家だな。

本物の姫を間近で見てきた身としてはこいつが姫に適任なのか疑問だよ。まっ、姫連中も変わり者が多かったから意外とお似合いなのかもしれないが。

「話の中身は土屋のことだ。俺は土屋と同じ中学だったからな。昔話をきっかけにした」

「ケンカしてるのに？」

「お、お互いに仲直りしたそうな雰囲気を感じ取ったんだっ！」

「ふぅん。兄貴のくせに察しがいいんだ」

我ながら苦しい言い方だが、彩音はさして興味がなかったらしくサラッと流した。

不知火がVTuberの大ファンという点については黙っておく。

目の前で偉そうにしている彩音はクソ野郎であり、VTuberとかアニメオタクを受け付けないタイプだ。それは俺の部屋のコレクションを馬鹿《ばか》にしたことからも明白だ。

不知火は俺と同じ趣味を持つ同志だ。売り渡すようなマネはしたくない。

「まあいっか。とにかく、兄貴はケンカの仲裁したわけだね」

「そうなるな」

「ふむふむ」

彩音は何事か考えるように俯《うつむ》いた。

「おいおい、まさか仲直りさせたことは怒らないよな?」

ケンカを煽《あお》って殴り合いに発展させて顔に傷をつけろ、とか言いかねない。

「言うわけないでしょ。むしろそこは褒めてあげる。よくやってくれたわ。今回の働きに対してグッジョブという言葉をプレゼントしてあげる」

彩音が親指を立てた。

「このエピソードは広めるから」

「ケンカの仲裁をしたって話を?」

「そっ。兄貴が頑張って仲直りさせたって内容をそれとなくね」

「……意味あるのか?」

尋ねると、彩音は呆《あき》れたようにため息を吐いた。

「これはあたしの好感度をアップさせるチャンスでしょ」

「おまえの?」

「兄貴がケンカの仲裁したのは、元はといえば土屋先輩があたしに相談したからでしょ。つまり、土屋先輩を兄貴に相談させたあたしの手柄でもあるんだから」

こいつ、俺の努力を自分の手柄にしようとしてるのか。

横取りするなと言ってやりたくなるが、元をたどれば彩音が介入したからというのは間違っていない。あながち横取りってわけでもないのか。

別にいいけどな。

俺が今さら好感度稼ぎしたところで意味ない。そもそも好感度ってのはイケメンが所持しているから武器になるものだ。こっちとしては彩音が姫になってくれれば問題ない。

「肝心の攻略はどうなったの。姫王子とも接触したんでしょ？」

「それに関してはどっちも無理だ」

これは素直な感想だ。

彩音は小馬鹿《こばか》にしたように鼻を鳴らした。

「あっそ。全然期待してなかったけどね。所詮は長文投げ銭しかできない兄貴だし」

「うるせえ」

「落とすのは無理でも友達としてはどう？」

「それなら可能だと思うぞ。不知火もいい奴だったからな」

また相談すると言っていた土屋と、VTuberの話題で盛り上がろうと約束した不知火。どちらの姫とも友好的な関係を築けるだろう。

「なら、そのまま仲良くしておいて。特に姫王子のほうは大幅に支持率下げられそうだし」

ケンカをする理由もないので了承しておいた。

彩音はお菓子をボリボリ食べると、炭酸飲料を飲んだ。

「順調ね。それじゃ、次の獲物の話をしましょう」

「十分頑張っただろ。まだ続けるのか？」

「当然でしょ。兄貴がこれまで知り合った姫を口説けるって自信があるなら別にいいけど」

そいつは自信がないな。

「でしょ？　だったら数をこなしたほうが兄貴も安心できるってわけ」

「おまえが脅さなければいいだろ」

「それは無理。というわけで、残りの姫ね。これで接触してない姫は残り半分」

そう、残る姫は半分。

「簡単なのがいるでしょ。一番近くに」

「……」

「強情ね。最終的にはどうせ接触するのに」

つまり、俺が残り二人を落とせないって言いたいわけだ。

馬鹿にされているような気がしないでもないが、そうなる可能性が高いだろうと俺自身も思っている。あの姉妹は鉄壁すぎる。

「自分で選ばないならあたしが選択するわ。正直、あたし的にはこいつを一番落としてほしい。個人的な恨みっていうか、嫉妬《しっと》だけど」

「もしかして……あの姫君か？」

「そっ、あのクソ生意気な女」

生意気なのはおまえだ。

「あいつ、あたしと同じ一年生のくせに姫なんだよ。このあたしがいるのに自分だけ姫になるとか許せない。おまけに姫になったのが当たり前みたいな顔して全然喜んでなかったし。ホントにもう、兄貴みたいな気持ち悪い奴にわからせてほしいよ」

「誰が気持ち悪い奴だ」

「はいはい。というわけで、あの女の攻略よろしく」

「よろしくって言われても、俺には接点が――」

「後は自分で考えて行動して」

彩音はポケットからスマホを取り出すと、立ち上がった。

「用事があるから今回はこれでおしまいね。じゃあ、頑張って」

どこまでもふざけた愚妹は部屋から出ていった。

取り残された俺は怒りと呆れと疲れが入り混じった息を吐き出した。次の標的は学園に現れた超新星だ。

地獄のような定期報告が終わり、月曜日が始まった。

俺のテンションは朝から最低だった。授業に集中などできるはずもなく、昼休みになる頃には抜け殻になっていた。

昼休みになっても気分は萎えたままで、いつものように空き教室に向かう元気はなかった。自分の席で菓子パンを平らげ、ぐったりと机に突っ伏した。

「朝から元気ないね。体調悪いの？」

隣の席から気遣う声がする。

風間《かざま》はさっきまで友達のところで弁当を食べていたはずだが、いつの間にか戻ってきたらしい。

「体調は問題ない」

「テンションが低いだけか」

高くなるはずがなかった。

彩音から狙《ねら》うように指示された例の姫は下級生だ。接点がなさすぎて最初から狙うことを諦《あきら》めていた相手である。

仮に接点があったとしても狙うにはかなり問題のある姫だったりする。それを狙えと言われてテンションが上がるはずない。

一応、接触方法はいくつか考えてみた。

どれも現実的ではないと諦めた。

かといって、今まで接触した姫を口説くのも不可能だ。関係を進展させるためのきっかけもないし、経験のない俺には方法がさっぱり浮かばない。

「何があったの？」

「別に」

姫を攻略していることを言うわけにはいかない。これが知られてしまえば非難囂囂《ひなんごうごう》の未来が待っている。

風間を怒らなかったのはある意味じゃ正解だな。姫攻略も似たようなものだし。

などと考えていると。

「あの噂と関係あるの？」

「噂って？」

「不知火さんと土屋さんを仲直りさせたって噂」

「誰からそれを？」

「友達から。拡散されてるみたいだよ」

何故《なぜ》広まっているのだろう、と疑問を覚えた直後に答えにたどり着いた。

噂を流したのは彩音だ。どうやら本当に言い触らしたらしい。昨日この件について知ったから、朝から噂を流しまくったのか。ご苦労な奴だ。

「見直しちゃったよ。神原《かんばら》君っていい人なんだね」

わざとらしくそう言った風間は、誰にも見られないようにこっそりと俺の足を踏みつけた。

「痛っ！」

「で、狙いは？」

顔を近づけてきた風間の雰囲気が変わっていた。

「ただ助けたわけじゃないでしょ。噂だとその辺りに関してはわからなかったけど、どうして神原君があの二人を仲直りさせるのかな」

「……」

「もしかして、どっちか狙ってるとか？」

鋭いな。

無言を肯定と受け取ったのか、風間は大きく息を吐き出した。

「さすがに無謀すぎ。神原君みたいなモブキャラ君が姫を落とせるはずないんだから手を引いたほうがいいよ。特に不知火翼《つばさ》のほうは絶対無理だからさっさと手を引いたほうがいいから」

「俺は別に——」

反論しようとしたら、廊下がざわついた。

ざわつきの元凶が近づいてきた。

「たまたま通りがかったから挨拶《あいさつ》に寄らせてもらったよ、神原君」

不知火翼だった。

「お、おう」

俺は手を上げて返事をする。

直後にざわざわが大きくなる。どうして手を上げただけで騒ぎになるのか気になったが、理由はすぐに判明した。

「あの姫王子が自分から男に話しかけたぞ」

「うっ、嘘でしょ」

「これ事件じゃね？」

不知火が自ら男に話しかけたのが信じられなかったらしい。

信じられなかったのは風間も同じだったらしい。猫を被るのを忘れて信じられないという顔をしていた。

ただ、一瞬でいつもの顔に戻ったのはさすがだ。

「驚いた。不知火さんが男子に話しかけるところなんて初めてみたよ」

口にした風間に不知火が視線を向けた。

「久しぶりだね。幸奈《ゆきな》」

「久しぶり、不知火さん。元気だった?」

「僕はいつでも元気だよ。そっちも相変わらずで安心したよ」

　両者は笑顔で挨拶を交わす。

「でもホントに驚いたよ。女子としか会話しないのに」

「僕は基本的に男子と話が合わないんだけど、たまたま神原君とは気が合ったんだ」

　二人は元クラスメイトだ。

　関係性はよく知らないが、こうして普通に話しているってことは仲良しなのだろうか。それにしては今まで会話している場面を見かけなかったけど。

「幸奈のほうこそ、神原君と仲が良さそうじゃないか」

「隣の席だからね。険悪だと生活しにくいでしょ?」

「ははは、それは確かにそうだ」

　不知火は楽し気に笑う。

　いい雰囲気だな。友達と久しぶりに再会って感じだ。

「ところで、神原君と不知火さんの関係は?」

「僕達は友達だよ」

　その瞬間、空気がピリッとした。

……気がした。

風間の表情が強張ったのだ。それとほぼ同時に教室にいた数人の女子が明らかに怪訝《けげん》そうな顔で俺を睨《にら》みつけてきた。

「へ、へえ、友達なんだ」

「神原君はとても好青年なんだよ。先日、僕は彼の世話になってね。それで彼と仲良くなったというわけさ」

「土屋さんとの話だよね。噂になってたよ」

「誰が流したのか知らないけど、あれは事実だよ。神原君にはとても助けられた。恩人である彼とはこれからも良い関係を築いていきたいと思っているんだ」

そう言って不知火が微笑みかけてきた。

イケメンにも見えるし、女性にも見える素敵な笑顔に俺はこくこくと頷《うなず》いた。こちらとしても良好な関係を築いていきたい。

風間は俺と不知火の顔を見比べると、聞こえるかぎりぎりの声で「ふーん」とつぶやいた。

「でも、意外かも」

「意外って？」

「高校生にもなって自分達で仲直りできないなんて、不知火さんって意外と可愛《かわい》いところあるんだね。ビックリしちゃったよ」

あはは、と風間が口に手を当てて笑った。

　俺は気付いた。その言葉に悪意という名の棘があったことに。声の感じが猫を被りながら俺に皮肉をぶつける彩音そのものだったから。

「……」

「……」

　不知火も気付いたのだろうか、空気が変わった。どこか張りつめているというか、何となく居心地の悪さを感じた。

　あれ、いつの間にか険悪な雰囲気になってね？

　幸か不幸か表情はどちらも笑顔だった。それがまた薄気味悪いというか、少し不気味な感じがして恐怖を煽った。

　どうするよ、この空気。

　不安に駆られていると、再び教室がざわついた。いつの間にか見知った顔が教室に入り、こちらに近づいていた。

「楽しそうだね。わたしも会話に参加していいかな？」

　現れたのは土屋美鈴《みすず》だ。

「もちろんいいぞ。是非とも参加してくれ！」

　俺は迷わず了承する。

　救いの女神様が現れてくれた。彼女ならこの変な雰囲気になってしまった場を穏便に収めてくれるだろう。

そう期待したのだが、土屋は俺の顔を見ると邪悪な笑みを浮かべた。

「廊下から見てたけど、佑真《ゆうま》君と幸奈ちゃんって仲良しだよね」

唐突にどうしたんだ。

困惑していると更に続けた。

「前に佑真君の場所を知りたかった時も幸奈ちゃんが教えてくれたし、たまにこのクラスの前を通るといつも楽しそうにお喋《しゃべ》りしてるもん。もしかして、二人は付き合ってるのかな?」

「え――」

「あっ、その様子だとまだ付き合ってなかったのか。余計なこと言ってゴメンね。でも、とってもお似合いだと思う。幸奈ちゃんみたいな可愛くて性格良い人と、佑真君みたいに友達思いで優しい人がカップルならみんなが羨《うらや》む最高のベストカップルになれると思うから」

にこやかな笑みで恐ろしい爆弾を投下してきた。

女神が邪神に見えてきた。


突如として放り込まれた女神の爆弾。

俺だけでなく、不知火と風間も目を見開いていた。発言の意味が誰も理解できなかった。

「きゅ、急にどうしたんだい？」

最初に我を取り戻したのは親友の不知火だった。

「感想を言っただけだよ」

「いや――」

「翼ちゃんは知らないかもしれないけど、佑真君は凄くいい人なんだよ」

「それは僕もわかっているよ。彼は僕達の友情の橋渡しをしてくれたわけだし」

勢いで引き受けてしまった件だけどな。

「翼ちゃんもわかってるんだね。そんな素敵な佑真君と幸奈ちゃんってお似合いかなって。お互いに性格良いし、お似合いって感じがするんだ」

「っ」

不知火は言葉に詰まった。

「幸奈ちゃんといえば魅力的な女の子の代名詞みたいな人でしょ。おしゃれだし、可愛いし、性格だって凄く良いのはクラスメイトだったからよく知ってるもんね」

「ま、まあね」

「恩人でもある佑真君の彼女にピッタリだなって思っただけだよ」

土屋の発言には親友である不知火も困惑の表情を浮かべていた。

その反応は理解できる。俺の前では言いにくいよな。風間は裏の顔を知らなければさぞ性格が良くて社交的な美少女に映っているだろう。俺みたいな奴には勿体ないと誰もが思う。モブキャラとお似合いなはずない。明らかに釣り合っていない。

　恐らく不知火はそう言いたいはずだ。

「えっと……変というか、僕はただビックリしただけだよ」

　否定しないのは俺に対して恩義があるからだろう。

　良い奴だよ、不知火は。さすがは同志だ。内面までマジでイケメンだ。俺みたいなどうしようもない奴とは大違いだよ。

「ありがと、土屋さん。私も神原君と相性いいかなって思ってたんだ！」

　何故か風間本人が同意してきた。

　これには俺と不知火が驚く。

「だよね。幸奈ちゃんと佑真君って相性良さそうだもん」

「嬉《うれ》しいな。土屋さんからもそう見えてたんだね」

「うん、凄い仲良しに見えた」

「さすがが見る目あるね。確かに私達は仲良しだよ。ねっ？」

　風間が俺にウインクする。

　こっちは完全にからかってやがるな。

　あえて話に乗っかって俺を動揺させて楽しもうって作戦だろ。そういう顔をしていやがる。こっちは本性を知ってるから全部わかってるんだぞ。

「なあ、ちょっといいか?」

俺は土屋に声をかけて少し離れる。

「どうしたの、佑真君」

「目的は何だ?」

小声で話しかける。

「お手伝いだよ」

「手伝い?」

「困った時は力になってあげるって約束したよね」

確かにしたな。仲直りに協力した時の見返りとして。

約束のほうは覚えているが、先ほどの言葉に何の関係があるのかさっぱりだ。逆に攻撃されている気がしたぞ。

「佑真君を見ていたらわかるよ。好きなんでしょ、幸奈ちゃんが」

「へっ?」

「ああいうタイプが好みだったんだね。魅力的だし惚れちゃうのも無理はないよね。社交的だし、佑真君はどっちかといえば受け身だから喋りかけてくれる女の子が良かったんだね」

俺の好みはむしろおまえだ、とは言えないわけで。

「かなりの大物狙いだよね。彼女は人気者だから難しいけど、佑真君なら可能性あると思ってるのは本当だよ。だから、全力でサポートしようかなって。さっきの反応からして、幸奈ちゃんのほうもまんざらじゃないみたいだし」

違う、あいつは俺をからかって遊ぶのが趣味のやばい女だ。

……って、そもそも俺は風間が好きじゃない。可愛いのは認めるけどさ。

しかしなるほど、土屋にはそう見えたわけだ。

俺は普段から風間にちょっかいをかけられている。関係を持続させたいのでそれを突っぱねるわけにもいかず、正面から受けて立っている。その姿をイチャイチャしていると受け取ったのだろう。

風間に恋愛感情を抱いていると勘違いしたわけだ。

これはどうなんだ。

ある意味では俺は風間を狙っている。それは間違いない。下級生の姫を狙えと言われているわけだが、一番手っ取り早く効率的なのは既に縁のある姫達を攻略することだ。

ただ、きっかけがなくて進展させられる自信がない。間違って突っ走ったら今の関係が終わり、完全に終了だからな。

土屋がサポートしてくれれば進展できる可能性はある。

「あっ、別に裏はないからね。佑真君と翼ちゃんがこれ以上接近しないようにしてるとか、そういうわけじゃないから」

「お、おう」

そこを警戒しても意味ないだろ。どう頑張っても俺に姫王子が口説けるはずないし。

「というわけで、協力してあげようかなって」

協力してくれるという申し出はありがたいけど、これを受けてしまったら俺が風間を好きと公言したのも同じだな。さすがにそれはまずい気がするぞ。

風間に目を向ける。

「えへへ、私と神原君がお似合いだって。不知火さんもそう思うのかな?」

「僕としてはあまりかな」

「えぇー、どこがダメなのかな?」

「恋人には見えないってことさ。友達のほうがしっくりするかな」

「友達から始まる恋愛もあるんじゃないかな?」

「ぐっ」

楽しそうにお喋りしていた。

俺をからかうためだろう、風間が得意気な顔をしている。それを受けて不知火がぐぬぬといった表情だ。

その時だった。不意に「おぉ」と歓声が上がった。

廊下のほうを見ると、いつの間にか廊下は多くの男女で埋め尽くされていた。

俺はすっかり忘れていた。ここに集まっているのが姫であり、姫が学園でトップクラスの人気者であるという事実を。

「妖精《ようせい》が笑ったぞ」

「きゃっ、姫王子様が悔しそうな顔してる」

「姫が集まると華やかだな」

姫が集まっている姿は結構レアだったりする。三人もいることで野次馬が集まってきたのだ。野次馬の数は時間経過と共に膨れていった。

この状況まずくね？

学園で全然目立たない俺の席に集まる姫達。明らかに場違いなモブ野郎である俺がこの輪の中にいるとか大丈夫なのだろうか。

不安に駆られていると。

「――随分と騒がしいわね」

それは決して大きな声ではなかったが、よく通る声だった。

集まっていた連中は水を打ったように静まり返った。まるで機械が電池切れを起こしたようにぴたりと声と動きが止まった。

こんな芸当が出来る人間は姫ヶ咲《ひめがさき》学園に一人しかいない。

声を発した人物はゆっくりと近づいてきた。周りにいた生徒達は示し合わせたように左右に捌《は》ける。その様子は王様のために道を開ける市民といった感じだ。相手は女性だからこの場合は女王様だろうか。

「騒動の原因はあなた達ね」

圧倒的な存在感の前に全員言葉を失った。さっきまで楽しそうだった風間と不知火も冷や汗を流している。

女王様は不知火と土屋に目を向けた。

「あなた達はこのクラスの人ではないわね」

「えっと、これはその……っ」

「もうすぐ午後の授業が始まるわ。早く自分の教室に戻りなさい」

女王様の言葉には誰も逆らえず、二人は素直に従った。

「集まっている野次馬も自分の教室に戻りなさい。この騒動は終わりよ」

パンパンと手を叩《たた》く。

女王の命令に逆らう者はいない。示し合わせたように全員散っていく。あっという間に元通りの景色が戻ってきた。

凄《すさ》まじい統率力だな。

恐怖しながら感心していると、女王様は俺と風間に視線を向ける。

「昼休みだから多少騒がしいのは構わないわ。けれど、大勢の生徒を巻き込むのは控えてちょうだい。昨年は似たような状況で怪我《けが》人も出たんだから」

「は、はいっ！」

「わかったのならいいわ。それじゃあね」

淡々と述べると、女王様は去っていった。

窮地を脱した俺は安堵《あんど》の息を吐いた。


姫ヶ咲学園には絶大な人気と影響力を持つ姉妹が存在する。

その名は氷川《ひかわ》姉妹。学園で最も有名な姉妹であり、様々な意味で学園最強と呼ばれる姉妹である。

姫ヶ咲学園総選挙第六位・氷川亜里沙《ありさ》。

最強姉妹の姉であり、間違いなく学園最強の存在である。

彼女の二つ名は〝氷の女王〟だ。例によって姫なのに女王という矛盾に対してツッコミを入れてはいけない。そういうものだから仕方ない。

ちなみに彼女は去年まで〝氷の姫君〟という二つ名で呼ばれていた。今年から女王に変更された。変更理由は学年が上がったからではない。彼女の妹が入学してきたからである。これまた恐ろしいレベルの美少女で、大正義美少女姉妹が爆誕したと学園中が沸いたのは記憶に新しい。

妹のほうも姫であり、去年までの二つ名は妹が引き継いだ。

氷川妹こそ下級生で唯一の姫であり、愚妹が最もライバル視している相手であり、今年の新入生でぶっちぎりの人気を誇っている少女であり、俺が次に狙わなければならない姫だ。

「相変わらずの迫力だったたね、女王様」

疲れたように風間がつぶやく。

「まったくだ。今でも心臓がバクバク言ってる」

「小心者」

「うるせえ。誰だって怖いだろ」

「まあね。近くで見るとホントにやばかったよ。本物の女王様と対面してるみたいな重圧感じるし。怖いのに顔が綺麗《きれい》すぎて釘付けになるから妙な感覚だった」

氷川亜里沙は綺麗という言葉がふさわしい。

常にキリっとしている彼女は本当に綺麗で美しい。

整った顔立ちなら不知火もそうなのだが、不知火のほうはイケメン女子という印象が強い。髪型のせいもあるだろう。

それに対して氷川亜里沙は正統派の美女だ。整った顔立ち、通った鼻筋、髪の毛はさらさらのセミロング。身長も平均より高めで、すらりと伸びた手足はとても魅力的だ。モデルのような印象を受ける。

唯一残念な点を挙げるとしたら胸がちょっとばかし平地という点だろうな。

「風間から見てもやっぱ美人か？」

「当たり前でしょ。あれは別格」

「別格か」

「同じ女として比較されたくないかな。生まれ持ってのモノが違うっていうか、完全にバケモノ。顔面偏差値は異次元だし、頭の出来は違うし、おまけに家はお金持ち。それでいて運動も得意。努力だけじゃ絶対に追い付かないものを生まれつき持ってるタイプでしょ」

あの風間がここまで言うとはな。

だが決して言い過ぎではないのが恐ろしいところだ。

氷川は学園が誇る〝ビッグ3〟の一角である。昨年からクール&ビューティーとして多くの生徒を魅了した。

現在では我が校の生徒会長を務めており、成績は学年首席。ちなみに去年からずっと成績トップだ。全国的にも有名な某企業のご令嬢でもある。

「神原君は氷川さんみたいなタイプが好みだったりするの？」

「俺なんて相手にされるわけないだろ」

「自己評価低すぎない？」

「それは関係ない。相手はあの氷川だぞ」

あれだけのスペックだ、告白した男子生徒は数多くいる。

結果は全滅。それはもう戦いにもならないくらい圧倒的な敗戦だ。告白した奴等《やつら》の中にはコテンパンに負けすぎてメンタルブレイクした奴もいたらしい。

氷川は誰に対しても冷たい対応をする。相手に興味を持たない。友達と歩いているところなど見たことがない。まさに孤高の女王だ。例外があるとしたら登下校を共にしている妹くらいだろう。

「まっ、確かに氷川さんは凄すぎかもね。妹に支持を流したのにまだまだ超人気あるし」

「支持を流した？」

「あれ、神原君知らないんだ」

信じられないとばかりに風間が瞬く。

「詳しく教えてくれ」

「氷川さんは自分を支持していた人達に言ったんだよ。総選挙では妹に投票してくれると嬉しいって。周りの人は驚いたみたいだよ。彼女が総選挙関連の発言をしたのは初めてだし」

初耳だった。

昨年、氷川は入学して最初の総選挙で二位を獲得した。昨年はずっと順位をキープしていた。

しかし今年最初の総選挙で六位に順位を落とした。

てっきり妹に票を奪われたと思っていたが、自分から妹に票を集めてくれと言ったのか。それなら急激に票が動いたのも納得できる。

納得はしたが、理由が謎《なぞ》だ。わざわざ妹に投票を呼びかけるなんて意味がわからない。

氷川は姫に興味なさそうだった。多分、実際に興味がないのだろう。姫ってのはあくまでも学園内だけの称号だし、進学に有利になるわけでもない。そもそも生徒会長であり、学年首席であり、社長令嬢である彼女にはこれ以上の付加価値は必要ない。

注目されるのが嫌だったとか？

これもありえない。生徒会長って時点で注目されてるわけだし。生徒会長に立候補していたので目立つのが苦手というわけでもないはずだ。

「理由を知ってるか？」

「全然。女王様とは話したこともないからね」

社交的な風間も知らないのか。

「氷川の妹についてはどうだ。もしかして妹が姫になりたかったとか？」

「私は喋ったことないけど、違うんじゃないかな」

「何故そう思った？」

「氷川さんと似たタイプらしいよ。威圧感があって、誰に対しても塩対応っていうか氷対応だね」

氷対応って言葉を聞いたのは初めてだ。

「それくらい他人に興味がないってこと。前にたまたま見たんだけど、必死に話しかけてきた子を完全に無視してたんだよね。私にはあの姉妹の考えなんてわからないよ」

俺が聞いた噂も同じだ。

妹のほうも他者には興味がなく、対応は氷のように冷たい。そして、姉と同じく学年首席という成績優秀者でもある。

「……」

ここまで聞いた印象だが、こりゃダメだな。

接触できたとしても糸口が見つからなさそうだ。さすがにVTuber好きってわけじゃないだろうし。

それ以前に接触できる気もしない。

クラスメイトの風間幸奈、中学時代の友人である土屋美鈴、その土屋の親友である不知火翼、彼女達は薄かろうと接点があった。完全に接点がないわけではなかった。

氷川姉妹は違う。姉のほうは同じ学年だが、去年も今年もクラスが違う。共通の友人だっていない。

妹のほうはもっと無理だ。

姉と同じように完全な無接点で、学年も違う。彩音とはクラスメイトだが、それだけだ。彩音の奴も氷川の妹とは友達ではない。

前途はあまりにも多難だ。

「よし、繋《つな》ごう」

夕食を済ませて自室に戻り、愛用のゲーミングチェアに腰かけた。慣れた手つきでパソコンを立ち上げ、あるゲームを起動させる。

ユートピアオンライン。

パソコンでもスマホでもプレイ可能なマルチプラットフォームのMMORPGだ。数年前に大ヒットしたが、現在では下火となっている。

俺は中学を卒業する辺りでこのゲームにハマった。

ゲームの売りは自由度の高さにある。狩り以外でも家を建てたり、畑を耕したり、料理やら釣りをしたり、昆虫採集まで出来るという幅広い遊び方が可能だ。

それだけじゃない。このゲームには結婚機能がある。夫婦だけが使える特別なスキルがあり、スキル目的で結婚する人もいたりする。

『あっ、ダーリンだ』

ログインすると、数秒もしないうちにチャットが飛んできた。

『こんばんわ、ノンノン』

俺はこのゲームで結婚している。

嫁の名前はノンノン。ちなみに、俺のキャラ名はヴァルハラだ。

彼女との出会いはありきたりだが、ソロで狩りをしている時にピンチに陥《おちい》っていたノンノンを助けたことだ。当時の彼女は初心者で、戦い方すらよくわかっていなかった。それがきっかけで仲良くなり、結婚スキルを使ってみたいという流れになって結婚した。

『最近忙しかったみたいだけど、時間出来たの？』

姫攻略を始めてからゲームをプレイする時間が減っていた。

『おう。狩り行こうぜ』

『やる気満々じゃん。よっしゃ、すぐ行くからそこにいて』

程なくするとノンノンが到着した。

ノンノンのアバターは金髪のエルフだ。スタイル抜群の美女で、ジョブは僧侶。戦士の俺といつもペアで狩りをしている。

『お待たせ、ダーリン。今日はどこ行く？』

『城に行きたい』

『城攻略とはやる気ありまくりだね。ペア狩りだと最難関の場所だし、しっかり準備してから行こ。そういえば、露店で良さそうな装備見つけたんだ。エンチャントしてあるから値が張るけど、防御力も高いしかなりいい感じだったよ。金欠で買えなかったけど』

『おねだりか？　金が出来たらプレゼントするよ』

『そういうとこ好き。超愛してる』

いつものように言葉を交わした後、念入りに準備をして狩りに出かけた。

楽しくチャットしながら狩りを行った。久しぶりに長時間プレイすると疲れを感じたが、ここ最近のストレスが解消された気がした。

『お疲れ様』

『お疲れ。今日はいっぱい稼げたね』

狩りが終わり、家に戻ってきた。

俺とノンノンは森の中に佇《たたず》む小さな家で暮らしている。豪華な家ではないが、二人でお金を貯めて買った家だ。

『狩りは終わったし、話でもしようぜ』

『だね。戦利品の分配もしないと』

戦利品の分配をしつつ、他愛のないお喋りをした。

実は、今日はゲームを単純に楽しむことが目的ではない。俺にはある目的があった。

大きく息を吐くと、意を決して文字を打つ。

『ノンノン、相談があるんだ』

『どしたの?』

『リアルで女子を攻略することになったんだ。ノンノンに相談に乗ってほしい。出来ればアドバイスしてほしいんだ』

俺の目的。それは氷川妹をどうにかするためのアドバイスをもらうこと。

チャットをした後、しばし間があった。

『攻略ってなに？』

『口説くって意味だ』

『この浮気者《うわき》っ！』

ノンノンが立ち上がり、持っていた杖《つえ》でポコポコと殴り始めた。

僧侶なので全然ダメージはないが、ノンノンの行動にビックリした。

『完全に浮気じゃん。ダーリンにはノンノンがいるのにさ。意味わかんないんだけど。ふざけたこと言ってると浄化するから！』

『おっ、落ち着いてくれっ。俺はアンデッドじゃないから浄化はできない』

『うるさいっ！』

冷静に諭すが、ノンノンは全然大人しくならなかった。

しばらく殴られ続けた。ゲームの中なので全然痛くはないが、何となくアバターが泣いているような気がした。

時間が経過すると、ようやく落ち着いてきた。

『あれ、でもおかしい。攻略することになったって言ったよね。その言い方は変だよ。ダーリンは相手を好きなわけじゃないの？』

的確に嫌なところを突いてきた。

素直に言ったらどうなるだろう。

――実の妹に脅されて同じ学校に通っている美少女の中から誰でもいいから口説こうと考えている。だから良い案を出してくれないか。

「……」

冷静になって考えると、中々に頭おかしいのでは？

まともな人間の倫理観からしたら完全にアウトだ。長文投げ銭のせいでそんな状況になっているというのもまずい。知られたらドン引き間違いなしだ。最悪、縁を切られるとかもあり得る。

ノンノンに嫌われたくはない。ここは嘘を吐こう。

『前に妹がいるって話をしただろ。その妹と話してる途中でちょっとな』

『詳しく聞きたい』

『妹にモテない野郎だと馬鹿にされたんだ。俺は妹に舐《な》められたくないと反論したわけだ。それで、モテる証明として女の子を口説く羽目になっちまったんだ。で、その相手は妹の指定した下級生の女子というわけだ』

それっぽい作り話が出来た。

ある意味では嘘じゃない。妹のせいで女の子を口説く羽目になったという点においては完全な事実なわけだし。

『なにそれ。普通に無理って言えば？』

『それをしたら負けだろ』

『馬鹿』

呆れた様子のノンノンが再び俺のキャラを叩く。

『どうしてノンノンに相談したの？』

『他に相手がいなかったからだ』

俺がそう返すと、ノンノンが上機嫌を表すエモートをした。

『そういえばそうだったね。リアルのダーリンは全然モテないって言ってたもんね。ノンノンに相談するしかなかったのか。そっかそっか、非モテだからしょうがないよね。非モテの童貞野郎は誰にも相談できないもんね。知ってた』

間違っていないけど大きなお世話だ。

俺を馬鹿にしたら少し機嫌が戻ったらしい。

『仕方ない。嫌だけどダーリンの頼みだから手伝ってあげる。ダメダメなダーリンにアドバイスしてあげるからしっかり聞いてよね』

『アドバイスしてくれるのか？』

『夫婦だからね。けど、一つだけ約束して。ノンノンの言葉は全部信じて行動して。そしたら成功するから。逆にアドバイスを無視したら絶対失敗するから』

絶対に失敗するか。

女心とか一切《いっさい》わからない。ここはアドバイスを全面的に信じるほうがいいだろう。

今回、俺がノンノンを頼ったのには理由がある。

まず、現実の知り合い相手には相談できない。氷川妹と接触するから知恵を貸せ、などと知り合いに言っても協力は得られない。白い目で見られる。

その点、ノンノンはどこに暮らしているのかもわからないネトゲの嫁だ。ある程度喋っても問題ない。それでもさすがに妹に脅迫されているとは言いたくないわけだが。

他にも理由がある。以前、リアルの話を聞いた。

ノンノンはリアルでも女性で、恋愛経験が豊富だ。現実では金髪でスタイル抜群のギャルらしい。現在は高校生とのこと。常に数十人の男が近くにいて、男に不自由した経験はないと豪語していた。また、友人の数も多い。学校中の生徒が友達らしい。ちなみに今はネトゲとはいえ俺と結婚したから恋愛は控えていると教えてくれた。

さすがに多少は話を盛っているだろう。

しかしだ、俺より恋愛経験が豊富なのは疑いようがない。そもそも俺の恋愛経験はゼロなので俺以下などこの世に存在しない。

『わかった。全面的に信じさせてもらうぜ』

『よろしい。泥船に乗ったつもりで任せておいて』

『それはちょい不安だな』

『不安でも従うの。いい、よく聞いて――』

数分にわたってアドバイスを聞いた。

にわかには信じられない内容だったが、嫁を信じられないのは旦那として失格だ。全面的に信じることにした。

翌日、俺は覚悟を決めて下級生のクラスに乗り込むのだった。


ノンノンからアドバイスをもらった翌日の朝。

俺は下級生のクラスに向かって歩き出した。歩きながら頭の中で経験豊富な嫁のアドバイスを思い出す。

『女の子はサプライズが大好きな生き物だから、まずはインパクトが大事。その手段を伝授するから、ダーリンは必ず言われた通りにするべし』

ノンノンが教えてくれた方法。それは登校してすぐに対象の教室を訪れて「おはよう、子猫ちゃん」と本人に向かって言うことだ。この際、通常よりもイケボを出すと成功率がアップするらしい。

「……」

先に断っておくが、この方法が無謀だと俺自身もわかっている。

ただ、女性心理ってのは男には難しい。

男目線ではチャラ男とか絶対モテるように見えない。あいつ等は誠実さの欠片《かけら》もないし、頭も悪そうでモテる要素が見当たらない。すぐにナンパするし、他人の彼女を寝取るようなロクでもない野郎である。

だが、女性からしたら魅力的に映るらしい。実際にチャラ男は女をとっかえひっかえしているのがその証拠である。

男と女では感じ方に差があるのだ。

だからこそ、ノンノンのアドバイスも当たるかもしれない。

壁ドンとか顎クイといった俺には魅力がちっとも理解できない行為が女の子をキュンキュンさせるらしいからな。

今さらビビっても仕方ない。ネトゲの嫁を信じると決めたのだから。

目的の教室に到着し、覚悟の一歩を踏みだす。

「っ、お兄ちゃん⁉」

教室の中に足を踏み入れた瞬間、彩音が小走りでこっちにきた。

こいつは学校では猫を被っている。家とは完全に別人で、学校では俺を「お兄ちゃん」と呼びやがる。ここ数年、家でその呼ばれ方をしていない。

「おう、彩音」

「どうしたの？」

「少し用事があってな。そこを通してくれ」

「用事ってなにかな？」

彩音はどかない。このクラスに近づくな、と目で訴えている。俺を教室内に入れないようにきっちりとブロックしやがる。

こいつの考えは手に取るようにわかる。

俺が兄だとクラスメイトに知られたくないのだろう。兄がいるって情報は仲直り騒動の時に知らせただろうが、顔は知られていない。兄がフツメンという情報は姫を目指している彩音にとってはマイナスだろう。

普段なら圧に負けて逃げるところだが、生憎《あいにく》と今日の俺は一味違う。

「悪いな、妹よ。通してもらうぞ」

「えっ――」

強引《ごういん》に彩音を押しのけて教室に入る。

向かうのは目的の少女が座る席。

近くには誰もいない。窓際最後列に座る少女はつまらなそうに外を眺めていた。表情からは何を考えているのかさっぱりわからない。

姫ヶ咲学園総選挙第二位・氷川花音《かのん》。

姉から〝氷の姫君〟という二つ名を受け継いだ一年生で唯一の姫だ。我が妹が勝手にライバル視している相手。

俺にとっては遠目から見かけたことがある程度の関係しかない少女だ。ここまで接近するのは初めてだ。

見た目は可愛い。文句なく可愛い。

姉である氷川亜里沙と同じく精巧なビスクドールのような整った顔立ちだが、姉と比べると少しばかり幼い。身長もどちらかといえば小柄だろう。胸元《むなもと》の成長具合に関しては我が妹と同じく可哀想《かわいそう》なレベルだ。胸元に関しては姉のほうと大差ないけどな。

彼女の最大の特徴は髪型だ。

前髪が長めのショートボブで、片目を隠している。ケガをしているわけではなく、ファッションらしい。ミステリアスな感じが素敵だと中々にウケがいい。個人的には某アニメの人気ヒロインにしか見えなかったりする。

「おい、見てみろよ。先輩だぞ」

「姫君にチャレンジか?」

「この時期にチャレンジする割には普通の人だな」

氷川花音に声をかけようとしているのを察したのか、下級生がざわつく。

氷川姉妹は難攻不落だ。

　これは姫ヶ咲に通っている生徒にとって常識中の常識である。特に妹のほうは姉以上に誰とも喋らない。いつも退屈そうに窓から外を眺めている。その姿も深窓《しんそう》の令嬢っぽいと高評価なわけだが。

「あれ、神原さんも近くにいるぞ」

「兄妹みたいな話が聞こえてきたけど」

「じゃあ、あの人が姫王子様の？」

　背後に気配を感じたので振り返ってみると、彩音が真後ろに立っていた。殺意が混じったような笑みを浮かべていた。

　臆するな。行くぞ。

「おはよう、子猫ちゃん」

「っ⁉」

　窓の外を見ていた氷川花音がビクッと震え、こっちに向きなおった。

　俺の顔を見ると、何度も目をぱちくりさせた。

「ちょっ、ちょっとお兄ちゃん！」

　彩音が俺を引っ張る。力任せに引きずられる。

「あんたアホなの？」

「アホじゃねえよ。おまえが言うから攻略しにきたんだろ」

「だとしたらマジモンのアホじゃん。そんな声のかけ方して普通に会話できるわけないでしょ。常識的に考えなさいよ。残暑のせいで頭おかしくなってるじゃん」

おまえの頭は昔からおかしいけどな。

「信じらんない。マジでありえないんだけど。もういいから早くこの場から消えて。こんな馬鹿な発言する身内がいるとかあたしの人気まで落ちるじゃん」

「……そいつは無理だ」

「はぁ？」

「黙って見ていろ。これが氷の姫君の攻略法だ」

この程度ではめげない。

ノンノンからのアドバイスを思い浮かべる。

『インパクトのある挨拶で相手が混乱してるところでお昼に誘うの。これで相手はイチコロだから。あっ、ここでポイントだけどもし上手《うま》く誘い出せたら必ず他の人も誘うべし。初対面で二人きりだと警戒されちゃうし、会話も続かないから』

恋愛強者によるとこれでイチコロらしい。

再び氷川花音の前に戻る。

案の定、彼女は酷《ひど》く混乱している様子だった。表情に出ていないのでわかりにくいが、さっきから目が泳いでいた。

「驚かせちゃったよな」

「……」

「良かったら昼飯でもどうかな？」

「…………」

「二人きりだと問題もあるだろう。だから、ここにいる妹の彩音も一緒にどうだろう」

最高級の笑顔を浮かべ、最大限のイケボを出した。

巻き込まれた彩音のほうは意味不明な顔をしているが、知ったこっちゃない。

呆然《ぼうぜん》としていた氷川花音はハッとしたように俺を見る。そして、隣でテンパっている彩音の姿に目を向ける。

何度か交互に見た後で、何かに気付いたように目を見開いて。

「ウェルカム」

グッと親指を立てた。

「えっ、マジで？」

隣では猫を被るのも忘れ、彩音が口を半開きにしていた。

正直、驚いているのは俺のほうも一緒だったりする。信じるとは言ったが、この方法で上手く行くはずないと頭のどこかで考えていた。

俺の嫁は天才だったらしい。

失敗するかもしれないと考えていた自分が恥ずかしい。

女の子の気持ちを知っているのは女の子ってわけだ。嫁を信じて正解だった。一瞬でも疑ってしまったのは反省すべき案件だ。

さて、時間は流れて昼休み。

俺達は約束通り、空き教室に集まっていた。

「……」

「……」

「……」

教室内には地獄のような空気が流れていた。誰も喋らず、黙々と食事をしている。その居心地の悪さといったら両親がケンカ中の食卓と同レベルだ。

「ねえ、この状況なに?」

小声で彩音が話しかけてきた。

「何でこんなところで三人でお昼食べなきゃいけないの?」

「おまえが強制した姫攻略のせいだろ」

「じゃあ、攻略の続きは?」

続きとかない。

ノンノンのアドバイスに従ったわけだが、誘う方法ばかり聞いていたのでその後の展開についてはアドバイスを求めなかった。これは俺の落ち度である。

いや、嫁に頼ってばっかりはダメだ。ここからは自分でやるしかない。

俺と氷川花音に接点も共通の話題もない以上、この集まりで重要なのは彩音の存在だ。こいつを上手く使うしかない。

「一つ質問だ。氷川花音を蹴落《け》とすように言っていたが、おまえと彼女が仲良くなるルートは存在するか？」

「っ、ちょっと待って」

彩音はしばし考えてから。

「存在するかも。悔しいけど、あいつは人気あるし。可愛い子は群れていたほうがいいわ。美少女同士が仲良くしてるのは見た目も華やかで印象良いし、周囲からの注目度も自然とアップするから」

姫が集まれば華やかなのは周知の事実だ。

ただ、打算ありきとか嫌なフレンドだな。

「それ聞いてどうするの？」

「おまえと氷川妹を仲良くさせて、それを起点として――」

と、言いかけたところで。

「二人は兄妹？」

つぶやくような質問だった。

「う、うん。あたしとお兄ちゃんは仲良しの兄妹なんだ！」

質問に彩音が満面の笑みで答えた。

俺とこいつが仲良し兄妹だって？

記憶が確かなら俺は現在進行形で脅迫されていたはずだ。それに、家では嫌悪感丸出しの表情で罵倒するのが日常だった気がする。

訂正しようとしたら、彩音の手が伸びてきた。

「とっても仲良し兄妹なんだからっ。だよね？」

ウインクしながら俺の腕を抓《つね》りやがった。痛みでビクっとなったが、どうにか耐えた。

意図は伝わった。ここは仲良し兄妹にしておいたほうが都合が良いんだろう。兄と仲が悪いと知られたらマイナス評価ってわけだ。

こいつの思惑通りに動くのは癪《しゃく》だが、仲が悪い兄妹と食事するとか相手目線だと拷問でしかない。

氷川妹のためにもここは嘘を通そう。

「う、うむ。俺達は仲良し兄妹だぞっ！」

「そうそう、あたし達は大の仲良し兄妹だから！」

笑顔で言うと、氷川妹はジッと俺の顔を見た。

「……先輩の名前を知りたい」

「俺の？」

聞き返すと、氷川花音はこくりと頷いた。

「自己紹介してなかったな。二年の神原佑真だ」

「神原佑真先輩。覚えた」

それだけ言うと、今度は視線を彩音のほうに移した。

猫を被った彩音の少しばかり迷ったような視線と、相手を値踏みするような氷川花音の視線がぶつかり合う。

数秒ほどした後、氷川妹が口を開いた。

「……ここの制服は可愛い」

「そ、そうだね。あたしも可愛いと思うよ」

「気が合う」

彩音はここが好機だと感じたのか、笑顔になった。

「凄く可愛いよね。あたしもこの制服目当てだったところあるかも」

「理解できる」

「設備も最高だよね。食堂も超美味《おい》しいし」

「食べたことない」

「えっ、そうなの？　だったら今度一緒に行こうよ！」

「……行く」

その会話がきっかけとなり、張りつめていた空気が弛緩《しかん》していく。

彩音が主導権を握る形で会話が展開されていく。

俺の存在を忘れ、二人の話は盛り上がっていた。会話の内容は世間話というか、当たり障《さわ》りのないものだったが徐々に関係が深まっていくのがわかった。

「……？」

氷川妹は会話の途中でちらちらと俺のほうを見た。

何事かと思ったが、すぐに彩音のほうに向きなおって会話を続けた。

この視線はあれか、俺の存在が邪魔って意味だったりするのかもな。

冷静になって考えればおかしいじゃないか。嫁からアドバイスをもらったとはいえ、イケメンでもない俺の誘いに乗ってきたのは不自然だ。思い出したが、迷っていた氷川妹が誘いに乗ってきたのは彩音が一緒と言った時だ。大体、彼女は俺の名前すら知らなかった。

……彩音と仲良くなりたかったのか？

ありえるな。

猫を被っている彩音は人当たりがいいマスコット的な少女であり、本人の話によれば友達も大勢いるらしい。本性さえ隠せば友達が多くて可愛い女子高生である。友達になりたいと考える奴はいるだろうな。投票では姫こそ逃したが、七位という順位は十分に人気者と呼べる。

それに対して氷川妹は友達がいないらしい。誘った時の様子からしたら友達どころか話し相手すらいなかったように映る。

氷のような対応と聞いていたが、実はただコミュニケーション能力が低かったのではないだろうか。友達になりたかったけど、きっかけがなかった説を唱えたい。

真偽は定かではないが、でしゃばらず成り行きを見守ろう。

目の前できゃっきゃうふふと盛り上がる二人を眺めていた。しばらくすると、彩音が飲み物を買いに行くと席を立った。

「……」

「……」

二人きりになると、再びの沈黙。

数秒ほどした後、喉《のど》を鳴らす音と共に氷川妹が俺のほうを見た。

「どうした、氷川――」

「花音」

「えっ？」

「苗字《みょうじ》だとお姉ちゃんと被っちゃう。そ、それと……花音は後輩だから呼び捨てしてほしいです」

「ああ、確かにそうだな」

さすがに氷川妹と呼ぶのはおかしいというか、名前で呼ばないのは失礼だよな。姉と被るという指摘も真っ当なものだ。

「了解した。それで、どうした？」

「……今日はありがとです」

「え、あの」

「誘ってもらえて嬉しかった、です」

そう言って花音は照れたように顔を伏せた。人形のような印象だったが、顔を赤らめるその様は年相応の少女に映った。この顔を全校生徒が見れば一位も夢じゃないだろうな。

この発言から察するに俺の仮説は当たっていたらしい。彩音と仲良くなる場を作ったことに対する感謝だろうな。

「先輩はどうして花音を誘ってくれたの？」

「そ、それはだな」

攻略のために仕方なく、というわけにはいかないよな。誘った理由を全然全然考えていなかった。ここは「おまえが可愛いからさ」とかチャラ男みたいな発言をするべきだろうか。

迷っていると。

「やっぱり何でもない。今のでわかったから」

何がわかったんだ?

俺には意味不明だが、納得してくれたのならそれでいい。

ともかく、俺達が仲の良い兄妹と勘違いしてくれているのならこれを取っ掛かりにしよう。余計なことはせず良い兄貴ムーブに徹しよう。

「今後も妹と仲良くしてやってくれ、花音」

「了解」

その後、飲み物を購入して戻ってきた彩音と会話を再開した。二人はかなり打ち解けたようで、会話も弾んでいた。

氷の姫君との昼食はこうして無事に終わった。

俺個人が花音と距離を詰められたのかは微妙だが、少なくとも彩音とは大分仲良くなっていた。

当初の予定とは大分違うが、これはこれでアリだろう。彩音の奴もかなり楽しそうだったし。


氷川花音との昼食が終わった日の夜。

俺は嫁に感謝を伝えるためにゲームに繋いでいた。今回の一件が上手くいったのはすべて頼りになる嫁のおかげだ。

ノンノンが来る前に準備を整える。感謝の気持ちを伝えるためにサプライズでプレゼントを贈る予定だ。

しばらくして、ノンノンがログインしてきた。軽く挨拶をすると、家で合流した。

『どうだった？』

結果が気になったらしく、挨拶もそこそこに切り出してきた。

『ばっちりだったぜ。ノンノンの言う通りにしたら大成功したよ』

俺は今日の出来事を報告した。

協力してもらった以上は顚末を話すのが礼儀だと考えたからだ。当然だが、花音の名前は伏せておいた。

報告すると、ノンノンは満足気だった。

『ありがとな。アドバイスが役に立ったよ』

『アドバイスした甲斐《かい》があったよ』

得意気なノンノンは上機嫌を意味するエモートを出した。俺は自分のキャラを立ち上がらせると、嫁の頭をポンポンする。

『ノンノンの言う通りだったでしょ？』

『実はちょっと疑ってしまった。申し訳ない』

『疑うなんて酷いよ。ノンノンを信じれば全部上手くいくって言ったのに。そこさえなければ満点だったんだけど』

惜しくも満点は逃してしまった。反省すべき点だろう。

『それで、相手の子はどうだった？』

嫌な質問だ。

ネトゲの中といえ相手は嫁だ。花音を可愛いと褒め称えるのはかなりまずい気がする。浮気者と罵《ののし》られても反論はできない。実際、昨日は浮気者と罵倒されたわけだし。

とはいえ、嫁相手に嘘も吐きたくない。

『素直に言っていいよ。絶対怒らないから』

『ホントに？』

『ノンノンは嘘吐かないっていつも言ってるじゃん。ここは正確に教えてほしいかな。特徴とか、雰囲気とか、実際に話した感想とか全部。それを正直に言うのが半分浮気したダーリンが見せる誠意じゃないのかな』

なるほど確かにそれが誠意だ。

一方的に浮気みたいなことをしておいて、おまけにアドバイスをもらっておいて報告が適当とか最低だよな。

『相手は可愛かったな。顔立ちは整ってたし、立ち振る舞いも美しい感じだった。ざっくりいえば美少女でお嬢様って感じかな』

チャットを打った後、しばし空白の時間があった。

『……性格は？』

『まだよくわからない。ノンノンと違ってお喋りが好きじゃないみたいだ』

あえて友達が少なそうとかマイナス面の話をするべきじゃないだろうな。

『ダーリンはお喋りのほうがいいの？』

『どうだろうな。お喋りな人が特別好きとか嫌いとかはないかな。個人的には反応してもらえればそれでいいよ。後は趣味の話とかして引かないとか』

『確かダーリンの趣味ってアニメとゲーム、それからVTuberだっけ？』

『我ながら全然モテなさそうな趣味だな』

そう返すと再び沈黙。

あれ、どうした？

俺の趣味に関しては昔から伝えていたし、今さらオタクだから嫌悪しているとは考えられないが。

ならば、やはり浮気に怒っているのだろうか。

不安になったが、ノンノンはグッジョブのエモートを出した。

『ダーリンはそのままで大丈夫。摑《つか》みは完璧《かんぺき》だから、その調子で口説いちゃって』

『えっ、頑張っていいのか？』

『えっ、頑張らないの？』

疑問を疑問で返されてしまった。

『いやほら、昨日は浮気者とか言ってキレてただろ』

昨日と違いすぎるだろ。ブチ切れすぎて俺を見放したのか？

全然ありえる。浮気した俺を見限ってしまったのかもしれない。

『ゴメン、俺が無神経だった。俺の嫁はノンノンだ。浮気みたいな事態になってるのは事実だけど、俺の一番はノンノンだから』

必死に弁明した。

『ありがと。けど、ダーリンには頑張ってほしいんだ。妹さんとは相手を口説くまでが約束でしょ。今後もアドバイスは継続してあげるから安心して』

『……今後か』

『続きはないの？』

今後については難しいところだ。接点が出来たとはいえ、非常に薄い。そもそも氷川花音の目的が愚妹との友情だと判明したからな。

それに、別の問題も発生している。

『実は微妙でな。妹が満足したみたいなんだ』

あの昼食の後から彩音の様子がおかしくなった。家に着くなり、今回の攻略に関してストップするように言ってきた。

無理やり一緒に食事させたことが不満で何かしらのアクションを起こすかもと身構えたが、そういうわけでもなさそうだ。

『今後も絶対続けるべきだよ！』

『マジで言ってるのか？』

『大マジだよ。ダーリンが女の子に慣れるのは重要だと思うんだ。女の子に優しく出来ればノンノンの気持ちとかもっとわかるかもでしょ』

一理あるな。

女の子の気持ちを理解すれば嫁に優しく接せられる。ノンノンが優しいから注意されていないだけで、本当は俺に苦言を呈したい時もあったかもしれない。

嫁の優しさが身に染みる。

『浮気になる可能性だってあるけどいいのか？』

『ならないから！』

俺には攻略不可能って意味だろうか。酷い言われようだが、間違ってはいない。

『妹と話し合ってみるよ』

『前向きに話し合ってね』

ノンノンがここまで花音を推すのは謎だが、どうせ日曜日の報告で話し合う予定だ。個人的にも攻略ストップは驚いたからな。

『ノンノンは全力で応援するから。今後も相談してきてね。いつでもアドバイスしてあげる。リアルで恋人になっても全然問題ないからね』

『馬鹿言うなよ。俺にはノンノンがいるだろ』

『もう、恥ずかしいこと言わないでよ！』

金髪エルフが顔を赤らめた。その可愛い反応はどこか花音のようで微笑ましかった。

『そうだ、感謝の気持ちにプレゼントを買ってきたんだ。受け取ってくれ』

購入したイヤリングを渡す。

前からノンノンが欲しがっていたそれなりに高価な装備だ。この間の狩りと、倉庫にあった装備をいくつか売って購入した。

『これ欲しかった装備だ。ダーリン超好き。愛してる！』

浮気を容認したり、愛してると言ったり、ノンノンは自由だな。そういうところも魅力的だけどさ。

その後、イヤリングを装備して上機嫌なノンノンとまったりして過ごした。会話も弾み、嫁といる時間が一番だと改めて実感した。

学園の姫攻略始めたら修羅場になってた件

gakuen no himekouryaku hajimetara shuraba ni natteta ken

閑話
姫君の独り言

「……ネトゲの旦那が学校の先輩だった件」

パソコンの電源を落とし、部屋の中でラノベのタイトルみたいな言葉をつぶやいた。

でも、これは現実だ。花音《かのん》も最初は信じられなかったけど、状況的に間違いないはず。

運命の出会い。妄想が現実になった。

自分で言うのはおかしいけど、花音はちやほやされて育ってきた。

裕福な家庭で両親に甘やかされ、お姉ちゃんに溺愛された。花音としても家族は大好きなので困らないけど、問題がないわけじゃなかった。

それが人間関係。

花音の近くには常にお姉ちゃんがいた。勉強もスポーツも万能で、人を束ねる能力にも秀でた何でも出来る自慢の姉。とっても優しくて、頼りになる最高の姉。そして、花音以外には興味を示さない姉。花音以外には冷酷な姉。

昔からそうだった。お姉ちゃんは花音以外には氷のような対応で、冷たい視線と言葉で相手を追いやる。

お姉ちゃんが近くにいると周りに誰《だれ》も近づいて来なかった。

逆にお姉ちゃんが近くにいない時は他の人が一斉に押し寄せてきた。いきなり大勢に喋《しゃべ》りかけられて花音はいつも困っていた。

それが何年も続いた影響かはわからないけど、花音は家族以外と上手《うま》くお喋りできなくなっていた。変に緊張して、上手く言葉が出なかった。いつしかお姉ちゃんと同じタイプだと勘違いされ、誰も喋りかけて来なくなった。

でも、別に良かった。

花音には中学時代からプレイしているネトゲに旦那がいたから。

最初は暇つぶしのつもりだった。動画サイトで宣伝が出てきたからプレイした。口下手な花音でも誰かと仲良くなれるかも、と触ってみた。

花音が選択したのは金髪で胸が大きいエルフ。名前はノンノン。

いつかこうなりたいと憧《あこが》れてはいるけど、残念ながら成長は止まりつつある。お姉ちゃんもお母さんも胸が小さいので将来的に期待できない。金髪も家族が絶対に許してくれない。

ノンノンには旦那がいる。それが〝ヴァルハラ〟という名前の戦士。

気が合ったのですぐに仲良くなり、スキル目的で結婚していた。最初はゲーム内の結婚だからと何も考えなかった。

でも、結婚してから徐々に惹《ひ》かれていった。旦那はいつも頼もしくて、花音と楽しくチャットしてくれる。いつしか旦那とゲーム内でいちゃいちゃするのが楽しみになっていた。

これが恋?

もし実際に出会ったらどうなるのか、みたいな妄想は何度もした。

でも、愛するダーリンからの裏切りは突然だった。

『リアルで女子を攻略することになったんだ。ノンノンに相談に乗ってほしい。出来ればアドバイスしてほしいんだ』

突然の浮気《うわき》宣言。

画面の中では金髪エルフのノンノンがダーリンに攻撃していた。自分でもビックリしたけど、現実世界の花音も机を叩《たた》いていた。

話を聞けば妹のせいでこうなったらしい。

ここで駄々をこねたら重い女って思われて嫌われるかもしれない。だから花音は考えた。ここは実際にチャレンジしてもらって、その上で失敗させようと。

どうせなら嫌われてしまえばいい。ダーリンは女性経験がないと言っていたので上手く騙《だま》して絶対嫌われるような対応をさせよう。その後で優しく慰めればダーリンも二度と浮気しないはずだ。

『女の子はサプライズが大好きな生き物だから、まずはインパクトが大事。そのための手段を伝授するから、ダーリンは必ず言われた通りにするべし』

恋愛とか全然知らないけど、経験豊富っぽくそう言った。

『なるほどな』

ダーリンが信じてるのを確認してから文字を打つ。少しだけ考えて出てきた絶対に嫌われる誘い方は『おはよう、子猫ちゃん』だった。

『なにそれ?』

『女の子を落とす魔法の言葉。この挨拶《あいさつ》をその女の子にすると上手くいくよ』

『……マジか？』

『大マジ。ノンノンの言葉を信じるのです』

嘘《うそ》だ。そんなの言われて喜ぶ女の子はいない。

世の中にはいるかもしれないけど、特殊な子だ。少なくとも花音が初対面でこんなこと言われたらドン引きする。絶対に近づきたくない。

けど、もし成功したら？

『インパクトある挨拶で相手が混乱してるところでお昼に誘うの。これで相手はイチコロだから。あっ、ここでポイントだけどもし上手く誘い出せたら二人きりは絶対ダメだから。絶対に他の人も誘うべし。二人きりだと警戒されちゃうから』

保険はかけておこう。

二人きりになって良い雰囲気になるのは絶対阻止だ。花音がいながら他の子に声をかける浮気者とか嫌われちゃえ。

我ながら見事なアドバイスをして、その日は気分が悪いまま眠った。

そして、次の日の朝。

教室に上級生の男子が入ってきた。教室内がざわつく中、その先輩はとことこ花音の元にやってきた。

告白かな？

入学してから何度も告白されている。一学期の終わりに姫に選ばれると、その数はさらに増加していった。お姉ちゃんが一緒だと近づいて来ないくせに、小心者ばかりで嫌になる。

誰の告白も受ける気がない。

今の花音にはダーリンがいる。誰に告白されたところで心には響かない。相手が先輩なのは救いだ。同級生だと何度も顔を合わせるので気まずい。

顔を向けずに無視していればどっかに行って――

「おはよう、子猫ちゃん」

「っ⁉」

我慢できず振り向いた。

立っていたのは普通の人だった。中肉中背でこれといった特徴はない。制服も気崩していないし、まじめな人に見えた。この痛すぎる台詞を吐くタイプには見えない。

花音はそこで昨日のチャットを思い出した。

……ダーリン？

以前に聞いたダーリンの容姿は平凡で、これといった特徴がないと自分の容姿を説明していた。目の前にいる先輩はまさにそれだ。ただ、磨けば光りそうな感じはした。

「ちょっと、お兄ちゃん？」

花音が驚いていると、声の主《あるじ》が先輩を引っ張っていった。

クラスメイトの女の子で、名前は神原彩音《かんばらあやね》さん。

花音から見ても可愛《かわい》らしい子で、小さいって言われる花音よりも小さな女の子。小動物みたいで、実は前からお喋りしたいと思っていた。

ここで改めてダーリンの情報を頭に浮かべる。

高校二年生で、同じ学校に妹が通っている。妹との話し合いで下級生の女子生徒を口説くことになった。

あれ？

口説く下級生の女子って花音じゃない？

「良かったら昼飯でもどうかな？」

「……」

「さすがに二人きりだと問題もあるだろう。だから、ここにいる妹の彩音も一緒にどうだろう」

間違いない。誘い方も昨日教えた通りだ。

花音の人生に最大のチャンスが到来した。

口下手な花音はどうしていいのか困ったが、このチャンスは逃せない。ひとまず親指を立てた。

「ウェルカム」

その後、花音達は三人で食事した。

我ながらファインプレーだったのは他の人を誘えとアドバイスした点だった。口下手な花音と違って、神原彩音ちゃんは凄かった。上手くフォローしてくれたおかげで楽しい時間が過ごせた。

「素敵な時間だったな」

さて、感動するのはここまでだ。

身近にダーリンが居たのは飛び上がるほど嬉《うれ》しいけど、問題もある。それも三つほど。

一つ目の問題はノンノンの設定だ。ノンノンは経験豊富なギャルという設定にしちゃった。正直、出会った時は結婚するとか思わなかったから適当な設定にした。今ではとても後悔している。中身が全然違うけどそれを受け入れてくれるのかわからない。

一か八か言ってみる?

ダメ、ビックリさせちゃうかもしれない。

いきなり夫婦とか言い出したら変な人に思われちゃう。今のダーリンは妹に言われて仕方なく花音と接触している状態だ。

二つ目の問題はダーリンの妹である彩音ちゃんが満足したから口説かなくていいみたいなことを言っていたという点。そこは是非とも口説いてほしい。

三つ目の問題はお姉ちゃんの存在だ。気付かれたら絶対に妨害される。

「……どうにかしないと」

ここは迅速かつ慎重に事を運ぶべし。

一緒に食事をした翌日の朝、登校した花音は迷わずある席に向かった。

「神原さん」

「なにかな、氷川《ひかわ》さん」

「き、昨日はありがと。その……良かったら、友達になりたい」

「えっ」

妹と仲良くなり、家に遊びに行く。

これで自然にダーリンの家に行ける。仲良し兄妹なのでダーリンと遊ぶ機会も増えるはず。仲良くなったらタイミングを見計らって正体を教えてあげる。これが最善の方法。

この方法で素敵なポイントは仮にお姉ちゃんにバレても、彩音ちゃんが目的だと言える点にある。

花音が寝る間も惜しんで考えた作戦だ。

生まれて初めて自分から友達になりたいと言った。

断られるのが怖かった。でも、逃げるわけにはいかない。相手はいずれ義妹になる人だから。

「ホント!?　実はあたしのほうから言おうと思ってたんだ！」

「……嬉しい」

もしかしたら社交辞令かもしれないけど、そう言ってもらえて自分でも驚くほど気持ちが高揚していた。

がっちりと握手した。

「これからは名前で呼んでもいいかな?」

「うん。こっちもそうする」

「これからよろしくね。花音ちゃん」

「……こちらこそ。彩音ちゃん」

将を射んと欲すればまず馬を射よ。

ダーリンはモテないと自分で言っていた。他の女に盗られる心配は少ないはず。だからここは、焦《あせ》らずゆっくりと攻略していく。お姉ちゃんには絶対バレないようにしないと。

第四話
氷の女王

迎えた日曜日の夜。

すでに恒例となった定期報告だが、その日はいつもと様子が違っていた。部屋に彩音《あやね》が入ってくるのは普段と変わらないが、パッと見てわかる程にテンションが高かった。

「花音《かのん》と友達になったわ！」

開口一番の台詞がこれである。

「ほう、そいつはおめでたいな」

「あっちがどうしてもって言うから仕方なくだけどね！」

その割には満足気な表情を浮かべていた。

「意外と見る目あるんだよね。あたしをめちゃくちゃ褒めてくれるし、実は前々から仲良くしたかったとか言ってくれたの。今までは悔しくて認めたくなかったけど、今ならあいつを認めてあげてもいいわ。よく見れば超可愛《かわい》いし。さすがはあたしよりも先に姫になった女といったところかな」

あれだけ敵意を向けていたのに、友達になった途端にこの豹変《ひょうへん》ぶりである。

我が妹ながらチョロい奴《やつ》だ。

「今後も仲良くしていくのか？」

「当然でしょ。可愛い女の子同士は仲良くしておいたほうが得だから」

「……そうだな」

姫レベルの可愛い子が一緒にいると華やかな雰囲気になる。性格はさておき、彩音も姫に近しいレベルの容姿をしている。

こいつに友達が出来たのはいいが、そこは俺《おれ》には関係ない。今の俺にとって重要なのは別のところにある。

「で、花音の攻略をストップするように指示した理由を聞かせてくれ」

引っかかっていた質問をすると、彩音は眉《まゆ》をひそめた。

「聞きたいの？」

「気になるだろ」

「今だから話すけど、実はこっちから友達になってやろうかと思ったんだよね。ほら、兄貴が言ってたじゃん。花音と仲良くなるルートは存在するのかって」

友達になりたいと言ってきたのは花音のほうだが、実は彩音のほうからも同じ申し入れをするつもりだったらしい。

上から目線が絶妙にムカツクが、今さらなのでいい。

「攻略と関係あるのか？」

「察しが悪いわね。友達が兄貴の彼女とか気分悪いじゃん」

息を吐くように俺を馬鹿《ばか》にしやがったな。

つまり、花音と友達になるつもりだから俺の攻略をストップするように言ったわけだ。

「実際友達になったけど、今後はどうなるんだ?」

「ストップに決まってるでしょ。あたしの親友が兄貴の恋人とかありえないから。あたしと花音の尊すぎる美少女空間に兄貴が入ったらぶち壊しになるじゃん」

いつから親友になったんだよ。

物言いにはイラっとしたが、ある意味では救われた。

ノンノンには続行するよう進言されたが、俺としては下級生の教室に行きたくなかったので攻略ストップはありがたい。

俺のせいで友情にヒビが入るとか絶対嫌だしな。後々恨まれてグチグチ言われるのは目に見えている。攻略ストップならこれ以上は関《かか》わらなくて済む。

「ただ、問題があるんだよね」

「問題?」

「演技とはいえ、兄貴とあたしが仲良しって言ったでしょ。そのせいで花音が勘違いしてるみたいなんだ。連絡してる時とかも兄貴の存在をいちいち気にしてるの」

「俺のせいじゃねえぞ!」

仲良し兄妹とか言い出したのはおまえのほうだ。

「言われなくてもわかってる。これはあたしのミスって認める。今さら嘘《うそ》とは言いにくいし、今後面倒なことになりそう」

「自業自得だな。このアホ」

「うっさい！」

彩音が短い足で俺を蹴《け》ってきた。大した威力じゃないのでダメージはない。

「全然効かないぞ」

「はぁ？　調子乗らないでよ。こっちが兄貴の秘密握ってること忘れないで」

「ぐっ」

スマホをぶらぶらさせる彩音の顔面を殴りたい衝動に駆られながらも、俺は押し黙った。

「というわけで、本題。さっさと別の姫を狙《ねら》って」

「……まだ続けるのか？」

「当たり前でしょ。あたしの目的は確実に姫になること。花音と友達になれた件は褒めてあげる。正直、兄貴を見直したかも」

正確には俺ではなくネトゲ嫁の手柄だがな。

「けど、それとこれとは別だから」

「別の姫ね」

接触していない姫は残り二人。

片方は接点が皆無で誰《だれ》も近づけない絶対零度の女王様。

片方は接点ありまくりな疎遠になった幼なじみの聖女様。

どっちも無理だ。女王様のほうは冷たい目で睨《にら》まれながら一蹴される未来しか見えないし、幼なじみのあいつに関しては俺のメンタルが崩壊する。

「どうせ女王様は無理だから、次の攻略相手は決定でしょ。さっさと話しかけてきなさい」

「無理だ」

「家も近くなんだし、別に今から家に行ってくれてもいいんだけど？」

この時間に行っても迷惑なだけだろ。

「まっ、あたしとしてはどっちでもいいから。別にその二人以外の姫を攻略完了してくれてもいいわけだし」

そっちも無理だ。

他の姫と進展はない。進展する未来も全然見えない。

風間《かざま》は相変わらず隣の席でからかってくるが、それだけだ。不知火《しらぬい》と土屋《つちや》はたまにやってきてお喋《しゃべ》りするが、世間話をするだけで他には何もない。

変化といえば周りの視線だろう。男子と女子から様々な感情が入り混じった視線を向けられる。姫と仲良くしていることが影響しているのだろうな。ちなみに女子から敵意のある視線を向けられるのは不知火と仲良しだからだ。

さて、どうする。

頭の中をフル回転させるが、打開策は見えなかった。

「少し休憩していいか」

俺の口から出たのはそんな言葉だった。

残りの二人を攻略できる気が全くしないし、かといって今まで出会った姫をどうこうできない。対策を講じる時間が欲しかった。

「休憩？」

「ここまで毎週頑張ってきただろ。その、疲れちまってさ」

風間から始まり、土屋や不知火と接触し、そして今回の花音だ。

毎週のように姫と接触してきた。今まで女子とまともに喋って来なかったので精神的に疲弊していた。

「好きにすれば。確かに兄貴にしては頑張ったし、ここらで一度休息もありかもね」

「妙に優しくないか？」

「花音という友を得られたことにはマジで感謝してるのよ」

こいつにも感謝する心があったのか。

「そもそもあたしとしては総選挙で姫になれればいいの。ペースは任せるから、二学期末に間に合わせてくれれば全然問題ない――」

その時、彩音のスマホが音を発した。

「花音からメッセージだ！」

相手はどうやら花音らしい。彩音は上機嫌で立ち上がった。

「じゃ、部屋に戻るから。今後の話だけど、あたしが姫になれれば休憩しながらでもいいから。攻略のほうは兄貴のペースでよろしく」

鼻歌を口ずさみながら悪魔が部屋を出ていった。しばらくすると上機嫌な声が聞こえてきた。家の中であいつの猫を被った声を聞くのは久しぶりだ。

「……寝るか」

考えるべきことは多いが、何もかも忘れたくて俺はベッドに潜った。

次なる標的は未定だ。


二学期に入ってから月曜日はいつも憂鬱《ゆううつ》で気分が重かったが、今日は久しぶりに体と心が軽かった。

標的がいないってだけでこれほど変わるとはな。

今年の一学期まではこれが当たり前だった。今になって変わらぬ日常がどれだけ貴重なのかを思い知った。

気は楽になったが、このまま動かないわけにはいかない。現状維持ではダメだ。ジッとしているだけでは社会的な死が近づくだけ。

名案は浮かばなかったが、方針は決めた。

残り二人の姫に手を出すよりこれまで知り合った姫を狙ったほうがいい。成功率も高いだろうし、精神的にもそっちのほうがいい。

方針が決まれば次だ。

姫と関係を深めるためにはどうすればいいのか考え、今の俺に足りないのは経験値だと結論を導き出した。

早速行動を開始した。普段はあまり読まないラブコメ小説やマンガを読み漁った。数日を費やして恋愛ってものを研究してみた。

これは時間の無駄だった。

どの作品もヒロインがあっさり主人公に惚《ほ》れてしまう。主人公のスペックが高すぎる。イケメンの主人公がちょこっと頑張っただけでヒロインが惚れてしまい、あっさりハーレムを形成する作品とか見ても参考にならない。

まともな案が浮かばなかったので気分転換に推しの配信を見たり、ネトゲの嫁と楽しく狩りを行ったりした。

そうこうしている間に一週間が経過し、九月も終わりを迎えようとしていた。

今週は定期報告がなかった。事前に何もしていないことを伝えると、彩音は部屋に来なかった。

振り返れば激動の一か月だった。来月は平穏無事に過ごしたいものだ。

恐らくは不可能であろう願望を胸に秘めて迎えた九月最終日。

放課後、俺は帰宅してからチャリを漕いである場所に向かっていた。

目的はコンビニだ。某人気アイドルVTuberグループとコラボしたので、そのグッズを買いに行くところだ。姫ケ咲《ひめがさき》学園の人間に見られるのは嫌なので遠方のコンビニに向かう。

残念ながら俺の推しは個人勢でグッズ販売などはしていない。

その道中だった。向こう側から見慣れた制服が見えた。

「あっ、神原《かんばら》先輩だ」

「っ……お兄ちゃん」

愚妹と花音が歩いていた。制服なので学校帰りにこっちまで足を運んだらしい。

「よ、よう。偶然だな」

チャリから降りて挨拶《あいさつ》する。

「こっち来て！」

挨拶を終えた瞬間、彩音が強引《ごういん》に俺を引っ張っていく。

「ちょ、何してんの。攻略はストップって言ったでしょ！」

「単なる偶然だ。こっちのコンビニに用事があったんだよ」

「……もしかして、VTuberとのコラボ？」

よくわかったな。そういうのに興味ない人種なのに。

「クラスのオタク連中が話してたからね。兄貴みたいな奴等《やつら》が」

「その言い方は相手が可哀想《かわいそう》だから止めてやれ」

「あんな連中それで充分よ。その話を聞いた花音が興味持ったんだから」

「え、マジで?」

花音がVTuberに興味を持ったのか。素直に意外だった。そういうのには興味ないタイプに見えたけど。じゃあ、こっちにきた目的も俺と同じかよ。

「興味といってもそこまでじゃないわ。気になるから見たいって程度だから」

「でも、意外だな」

「あの子は箱入りみたいだし、初めて聞くものに興味持ったんでしょ。金持ちのお嬢様がアホなヤンキーに惚れるみたいなもんよ」

わかりやすい表現だな。

「どうでもいいけど、攻略じゃないなら早くどっか行ってよ」

「安心しろ。そのつもりだ」

チラッと視線を向けると、花音はこっちをジッと見ていた。

「……相変わらず仲がいい」

ぽつりとそんなことを言いやがった。

誤解だ。完全に誤解だ。誤解でしかない。こいつと仲良しとか絶対ありえない。

「ま、まあね。あたしとお兄ちゃんは仲良しだから」

「羨《うらや》ましい」

「えっ、ちょっと待って。羨ましいのはあたしのほうだよ。花音ちゃんはお姉ちゃんと仲良しでしょ。学園でも仲良し姉妹で有名だもん」

学園で最も仲睦まじい姉妹といえば誰もが氷川《ひかわ》姉妹と答えるだろう。

この姉妹はよく一緒に登下校している。

学園最強の姫であり、氷の女王様である氷川亜里沙《ありさ》も妹と一緒に居る時は穏やかな表情をしている。怜悧《れいり》でクールな美貌を持つ彼女の優しい顔は新しい一面として春に大きく騒がれたものだ。

「お姉ちゃんとは……仲良し」

含みのある言い方だな。

実は仲が悪かったりするのか？

さすがにそれはないだろう。話している時も嫌悪しているみたいな雰囲気はなかったし。どこからどう見ても仲良しだ。

「お姉ちゃんはちょっと過保護。今日も一緒に帰れないって言ったら説明を求められた」

なるほど、そういうことか。

「それはしょうがないかも。花音ちゃんは可愛いからね」

「可愛いのは彩音ちゃんのほう」

「ふぇ⁉」

「花音よりも小さいし、おっちょこちょいなところがある。見た目も行動も全部が可愛い」

可愛いと言われた彩音は笑みを堪《こら》えきれないようで照れまくっていた。

相変わらずチョロいな。

つい先日まで敵視していた相手に籠絡《ろうらく》されてやがる。まあ、こんなに喜ぶのは褒めてくれたのが花音だからだろう。こいつは昔から姫に憧《あこが》れていたし、姫から褒められるのは至福の喜びってわけだ。

「花音よ、今後も妹と仲良くしてやってくれ」

「了解」

照れまくっている彩音を見ながら俺達は微笑む。

「っ」

その時だった。不意に誰かの視線を感じて振り返った。

「……？」

誰もいない。

変だな、確かに見られてた気がしたのに。

「先輩？」

「いや、妙な視線を感じてな」

最近の俺は視線に敏感だったりする。

姫と距離が近くなってから敵意と殺意のある目で見られるからだ。特に不知火と接点を持った辺りから明確になった気がする。

今感じたのは敵意じゃない。殺意に近い視線だった。

「……大丈夫なはず。尾行されないように注意したから」

ぶつぶつと花音がつぶやく。

冷静になるとアレだな、この状況なら殺意を向けられるのも無理ないか。

今の俺は客観的に見れば美少女二人と仲良く喋っている。片方は妹だが、他校の生徒からしたら俺が美少女二人と楽しくお喋りしているように映っているのかもしれない。

花音の攻略はストップだし、ここで長話する理由はないな。

「じゃあ、俺はこれで失礼するよ」

「待ってください」

帰ろうとしたら、花音に手を摑《つか》まれた。

「どうした？」

「……ま、またね、先輩」

「お、おう。またな」

わざわざ挨拶してくれるとは可愛いところあるじゃないか。

その瞬間、再び強い殺意の視線を感じた。

っ、やっぱりだ。花音のファンが見てるのか？

総選挙で二位に輝いた花音のファンは多い。誤解されないようにさっさと動こう。

チャリを漕ぎ、その場を後にした。

結局、その後は何事もなくお目当てのグッズを手に入れた。視線の主《あるじ》はわからなかったが、どうやら見逃してくれたみたいだ。

……

…………

翌日、悲劇は突然訪れた。


どうしてこうなった？

目の前には殺気に満ちた美人が立っている。彼女こそ姫ヶ咲学園の誇る最強の姫であり、それと同時に生徒会長でもある氷川亜里沙だ。

現在位置は校舎裏。

周囲には誰もおらず、俺は壁際に追い詰められていた。

「ここに連れて来られた理由はわかっているでしょう？」

ゾッとするような目で睨みつけられながら問われた。

ここで新発見だが、相手が超絶美人でも睨まれると非常に怖い。むしろ逆だ。端整な顔立ちだからこそ余計に怖さがある。

「いや、全く身に覚えがないのだが」

ドン、と氷川の手が俺の背後の壁を叩《たた》いた。

「言葉には気を付けなさい。あなたは黙ってわたくしの質問に答えればいいの。でなければ待っているのは破滅よ?」

極寒の吹雪みたいな冷たい声だ。

「洗いざらい喋ったら生かして帰してあげるわ。内容によっては五体満足では済まないでしょうけどね。というより、五体満足で帰れる可能性は皆無といっても過言ではないわ」

どこまでも冷たい言葉に体がカタカタと震える。

何故《なぜ》、こんな絶望的状況になってしまったのだろう。

――時間を少し巻き戻す。

その日は十月初日だった。

我がクラスでは月に一度の席替えが行われた。久しぶりの大型イベントにクラスメイトのテンションは高い。

男子の狙いは我がクラスの姫である風の妖精《ようせい》だ。風間幸奈《ゆきな》の隣をゲットしようと鼻息を荒くしている。

いよいよ風間ともお別れだ。

ここまで風間とは普通の友人関係を続けていた。予想外だったのは風間の攻撃の手が緩かったことだ。俺に飽きてしまったのだろうか。

理由は本人にしかわからない。確かなのは席替えで風間とお別れという事実だけ。隣の席にいる間に状況を進展させたかったが、これは俺のレベル不足だった。

自分の不甲斐《ふがい》なさを嘆いたが、席替えの結果は予想外のものとなった。

「また隣だね。よろしく、神原君」

俺の隣はまたしても風間だった。

連続して姫の隣となった俺に対してあちこちから怨嗟《えんさ》の声が漏《も》れ聞こえる。知ったこっちゃない。

「よ、よろしく」

「連続で隣の席とか運命だね」

「……ただの運だろ」

クラスの席替えはくじ引きで決定する。同じ人が隣になる可能性も全然ある。実際、今回の席替えでも俺と風間のように連続して同じ人が隣になった奴もいる。

「残念ながら運じゃないから」

「どういうことだ？」

「席を交換したの」

風間は引いたくじの紙を出した。

いや、交換したなら運命ではないだろ。

「席の交換は禁止されてるぞ」

「黒板が見えないって訴えたら許可してくれたよ。私が引いたところ一番後ろだったし」

席の交換は禁止だが、唯一認められるのは視力が悪くて黒板が見えないという事態に陥《おちい》った場合だ。風間の視力は知らないが、一番後ろならば納得できる。

「でもさ、神原君ってあんまり人気ないんだね。この席だった子にお願いしたらあっさり交換してくれたよ」

「うるせえ」

「まっ、山田君が隣だから彼女からしたら幸運だろうけど」

山田君といえばイケメンで有名だ。かつて風間に告白して失恋した経験を持つ。

風間からすれば攻略済みの相手だから狙う必要もないってわけだ。それで未攻略な俺の隣にやってきたのか。

あるいは最初からまた俺の隣を狙うつもりだったのか。

「神原君とは長期戦って決めてるから」

「っ」

その気もないくせに思わせぶりな奴め。

再び風間と隣の席になったわけだが、イベントといえばそれくらいで平和な時間が流れた。授業を淡々と消化し、昼はいつものように空き教室で食べた。

しかし、悲劇は突然訪れた。

放課後になり、下校しようとカバンを持った。

「失礼するわ」

凛とした声が響いた。

教室に入ってきたのは氷の女王の二つ名を持つ氷川亜里沙だった。突然の登場に教室内は軽くざわついた。

「女王様？」

「どうしてここに」

「マジかよ」

ざわついた教室内だったが、女王様の視線がそちらに向くとざわめきが静寂に変化した。相変わらず圧倒的な存在感と威圧感だ。

女王様は教室内をぐるりと見回すと、目的の生徒を発見したらしくゆっくりと歩き出した。

女王様の邪魔はできないとクラスメイトが道を譲る。教室の中央にぽっかり出来た道を歩くその姿はまさに偉大なる女王陛下だ。

俺はその様子を見ながら冷や汗をかいていた。何故なら女王様が近づいてきたから。

そして、足を止めた。

「あなたが神原佑真《ゆうま》ね？」

「は、はい、そうですけど」

返事を確認した氷川はまじまじと俺を見つめる。値踏みするように上から下までチェックした後で、大きくため息を吐いた。

そのため息は何だよ。

「用事があるの。今から校舎裏に行くわよ」

底冷えするような声だった。

「ふぇ⁉」

絶対悪い意味での呼び出しだと理解し、変な声が出た。

「変な声出してないで、さっさと立ちなさい」

「ま、待ってくれっ」

「待たないわ。それとも、あなたはわたくしの呼び出しを拒否するつもり？」

拒否権はないらしい。

俺は囚人よろしく女王様の後ろを歩いた。一瞬だけ逃げようと思ったが、逃げたら明日以降が地獄になるので諦《あきら》めた。

助けを求めて風間を見たが、苦笑いしつつ目を逸らしやがった。

さっきまで俺に対して羨ましそうな視線を送っていたクラスメイトも我関せずとばかりに顔を背《そむ》けている。

廊下に出て、とぼとぼと歩く。

「おや、神原君じゃないか――っ」

連行されている途中、不知火が声をかけてきた。俺が女王様に連行されているのがわかると言葉を止め、何も言わず離れていった。

助けてくれたっていいだろ。

不知火の隣にいた土屋はずっとニコニコしていた。その笑顔は普段よりも邪悪な気がして、まるで「ざまあみろ」と言っているように見えた。恐らくは気のせいだろうけど。

で、校舎の裏に連行された。

「ま、待ってくれっ。呼び出された理由がホントにわからないんだ！」

心当たりはない。彼女の悪口を言った覚えもないし、問題を起こした記憶もない。

氷川は深く息を吐いた。

「しらばっくれるのね」

「そうじゃない。マジで連れて来られた理由がわからないんだ」

「とぼけるのはやめなさい！」

氷川が激高した。怒りの表情が怖くて俺の口から「ひぇ」と再び情けない声が漏れる。

「昨日、あなたはわたくしの可愛い天使と楽しそうに喋っていたでしょ。その現場をしっかりとこの目で見たの」

「……天使?」

「当然、花音ちゃんのことよ」

花音の名前が出たことでようやく状況を一つ理解した。どうやら俺がここに連行された理由はそれらしい。昨日の放課後、確かに花音と出会った。

えっ、でもそれがどうした?

「まだ理解していないみたいね。いいわ、猿以下の知能しかないあなたでも理解できるように言ってあげる。わたくしの天使に近づく男は誰であっても許さないの」

頭の隅っこにあったとある仮説が確信に変わった。

どうやら氷の女王様はシスコンらしい。


氷川姉妹の仲の良さは多くの生徒が知っている。

知ってはいるが、姉から妹に向ける愛がここまで重かったとはな。同じく妹を持つ身だが、これっぽっちも気持ちは理解できない。

「あなたは昨日の放課後、花音ちゃんと楽しそうにお喋りしていた。そうよね？」

鋭い槍のような目で俺を睨みつける。

敵意と殺意のこもった視線には覚えがあった。花音と喋っていた時に感じたものだ。

「ちょっと待て。あの場に氷川はいなかったはずだ」

「遠くから見ていたのよ」

「……妹を尾行してたのか？」

「心配だから見守っていたの。妹の行動をチェックするのは姉として当然の責務でしょう」

当然でもなければ責務でもない。

「心配とはいえやりすぎだろ。高校生だぞ」

「馬鹿言わないで。花音ちゃんが誘拐でもされたらどうするの」

その可能性はあまり考慮していなかった。

ありえない話でもなさそうだな。平凡な我が家と違って氷川家は金持ちだし、花音の容姿が優れているのも事実だ。おまけに花音は小柄だ。

「花音ちゃんの可愛さは他人を狂わせるレベルよ。普段はまともな人でも野獣になってしまうの。警戒を怠るわけにはいかないわ」

「そ、そうなのか」

気の抜けた返しをすると、氷川は深々とため息を吐いた。

「あなたは花音ちゃんがどれほど素晴らしい天使なのか理解していないのね。いいわ、教えてあげる。その汚い顔でよく聞きなさい」

「顔は関係ねえだろ！」

俺の声を無視して、氷川は昔話を始めた。

これがまた、非常に長かった。花音との思い出を語りながら、花音がどれだけ可愛らしかったのかを力説していた。昔話をしながら幼い花音を思い出したのか、途中でうっとりした顔になった時は中々に気持ち悪かった。

「……」

俺は黙って話を聞いていた。

「こうして花音ちゃんは可憐すぎる小学生時代を終えたわ。ちなみに、花音ちゃんの小学校卒業式の日はわたくしのほうが号泣していたわね」

「何でだよ。おかしいだろ」

冷静にツッコミを入れるが、特に気にした様子もなく氷川は続ける。

今度は中学生になってからの思い出を語り始めた。俺は無表情で聞いていた。

「花音ちゃんはいつまで経《た》っても子供っぽいところがあるの。中学生の頃、道路にある白線の上を目を瞑りながら歩く遊びにハマっていたわ。わたくしに気付かれないようにひっそり遊んでいたみたいだけどね。他にもあるのよ。あれは中学二年生の夏休みだったわ――」

長いよ、女王様。

その後も思い出話なのか、自慢なのかよくわからない話が数分続いた。

「わたくしは誓ったの。この天使を全力で幸せにしようって。特に邪《よこしま》な男からは絶対に守ろうと。そのためなら、正義の鉄槌を下す覚悟もあるわ」

ようやく話を終えた氷川がぎゅっと拳《こぶし》を握る。

「というわけで、花音ちゃんを誑《たぶら》かそうとする男に鉄槌を下すわ！」

「まっ、待てっ。急に攻撃的になるな！」

そもそも俺は誑かそうなど……あっ、ダメだわ。実際に姫攻略という名目で誑かそうとしていたわけだから間違ってなかったわ。

氷川の目が血走り、命の危機を感じた時。

「お姉ちゃん！」

不意に声がした。

声のする方角に目を向けると、花音が立っていた。その後ろには彩音の姿もあった。

「花音ちゃん……どうしてここに？」

「お姉ちゃんが先輩を連れて行ったたって聞いたから」

「そ、そうなのね」

一瞬で殺気を霧散させた氷川は苦々しく笑う。

ひとまずは助かったみたいだな。

しかしこの状況どうする？

花音に助けを求めるべきなのか？

「神原先輩と何してるの？」

「えっと、これはその――」

「先輩に悪さしようとしてた？」

「ち、違うのよ！」

「だったらどうして連れて行ったの？」

あの女王様が自分よりも一回り以上も小さい妹に追い詰められていた。その光景は新鮮だった。

黙って見ていると、彩音がいつの間にか俺の背後に回っていた。

「ねえ、女王と揉《も》め事《ごと》とか勘弁してよ」

「俺のせいじゃねえよ」

「まあいいわ、事情は後で聞く。それよりこの場を収めなさい。兄貴が連れてかれたことが話題になってるの。あたしの評判に関わるでしょ。花音のおかげで女王はテンパってるみたいだし、どうにかして」

連行されたことが話題になってるのか。

彩音の立場からしたら、兄である俺が女王に呼び出しを受けるのは良くないわけだ。

「ちょっと落ち着いて、花音ちゃん」

「彩音ちゃん？」

「ねっ、少し離れて冷静になろう。氷川会長も驚いちゃってるみたいだし」

彩音はそのまま花音を連れて少し離れた。

今の内にどうにかしろってことだな。相変わらずの無茶ぶりだが、俺の身の安全のためにもやるしかない。

「あぁ、わたくしを追い詰める花音ちゃんも素敵」

シスコン女王は追い詰められてうっとりしていた。それから蕩《とろ》けたような目で花音を見つめている。

しばらくしてようやく花音の隣にいた彩音の存在に気付いたらしい。

「あら、そういえばあの子は昨日も一緒だったわね」

「あいつは俺の妹だ」

「……彼女はあなたの妹だったのね。最近よく一緒に居るわよね」

ここでふと、天才的な考えが閃《ひらめ》いた。

この状況を打破するために彩音の奴を利用しよう。あいつは散々俺を利用してきたわけだし、たまには利用してもバチは当たらないだろう。

「友達になったんだとよ」

「友達？」

「しかも氷川花音のほうから友達になりたいと言ったらしい」

「えっ、花音ちゃんが⁉」

花音が自分から友達を作りにいくようなタイプじゃないことを氷川もよく知っている。さっき花音との思い出を語る際にも触れていたしな。

そこが狙い目だ。

「昨日、俺と氷川花音が喋っていたのはそれが理由だ。ほら、友達の兄貴を無視するわけにはいかないだろ。無礼者になっちまう」

我ながら苦しい言い分だが、この理論を押し通す。

あの二人が仲良くなったのは事実だし、それは氷川だって確認している。そして俺は彩音の兄という立場だ。

つまり、友達の兄貴を邪険にはできないよね？

という理論を展開していくわけだ。

「友達の兄だから最低限の敬意を払ったのね。なるほど、わたくしの可愛い天使は常識が備わっているわ。友達の身内を無下に扱うことはしないわ」

「だろ？　つまり俺は無実だ」

「……」

「大体、俺の立場も考えてくれよ。こっちとしても妹の友達に挨拶しないわけにはいかないだろ。それだと俺が非常識な奴みたいじゃないか」

互いに彩音を通した間柄なので、挨拶を交わしていた。

これが俺の考えた弁明シナリオである。

氷川亜里沙が固まったまま思案に耽《ふけ》った。

「あなた、妹さんとは仲がいいの？」

仲良くねえよ。

あのクソみたいな悪魔と仲良しとか冗談じゃねえぞ。あいつのクソさ加減を語らせたら、それこそ氷川が花音に対して贈った賛辞の言葉とタメを張るレベルだ。

がしかし、この論を通すためには嘘を吐く必要がある。

「おう、仲良し兄妹だぜ。あいつは最高の妹だ」

間違いなく腐れ外道な妹であるが、渾身《こんしん》の笑顔で嘘を吐いた。

花音だって俺達を仲良し兄妹だと勘違いをしている。学園内では仲良し兄妹で通したほうがいいだろう。

「あなたは自分の妹と花音ちゃんが仲良しだから、花音ちゃんと喋っていた。だから別に花音ちゃんを誑かそうとしていたわけではない。そう言うのね？」

「そ、その通りだ！」

力強く頷《うなず》いた。

「気に入ったわ！」

「へっ？」

「実はあなたを見た時にそうかもしれないと思っていたのよ。あなたもわたくしと同じだったのね。妹を愛し、妹の幸せを切に願うシスコンなのね」

おまえと一緒にするな。あいつを溺愛とか冗談じゃねえぞ。

個人的にはその結論に至った経緯が知りたいよ。

「あの花音ちゃんが自分から友達を作った。おまけに相手は花音ちゃんよりも小柄で妹系か。実にいいわね。これは予定を変更しないと」

勝手に納得し、勝手に予定とやらを変更したらしい氷川は俺の肩にポンと手を置いた。

「明日の放課後、またここに来なさい」

「っ」

「安心しなさい。あなたの無実は証明されたわ。悪いようにはしないから」

氷川は楽しそうに話している花音達を見て、くすりと笑った。

その時の顔は孤高の女王ではなく、妹を愛おしそうに見る立派な姉の顔をしていた。

「今日は思いもよらない収穫があったわ。またね、神原佑真君」

それだけ残すと、氷川は花音の元に歩いて行った。

助かったのか？

どうして助かったのかよくわからないが、あの最高のタイミングで現れてくれた花音は間違いなく俺の救世主だ。

翌日の放課後、俺は再び校舎裏に向かっていた。

呼び出しに応じないわけにはいかない。

氷川のあの態度から窮地は脱したと考えられるが、まだまだ予断を許す状況ではない。ここは気合を入れて対応しなければならない。

「あっ」

向かっている途中、土屋と遭遇した。

口元に笑みを浮かべながら近づいてくる。

「昨日は大変だったみたいだね、佑真君」

「俺に借りがあるとか言ってたのに、助けてくれなかったな」

「申し訳ないんだけど、相手が氷川さんだと助けられないよ。下手に口を挟めば面倒事になるのは目に見えているから」

さすがの女神様も相手が女王様だと厳しいか。

あの女王様を無効化できるのは妹の花音くらいだろうな。逆の立場なら俺も見て見ぬフリをしただろう。

「それで、氷川さんは何の用事だったの？」

「別に」

「言えないような内容って……まさか、告白？」

土屋の目が輝く。

残念ながら違う。というか、死刑執行みたいな顔で連行された俺の姿から恋愛系を想像するのはおかしいだろ。

素直に内容を教えるわけにはいかない。氷川がシスコンだと他人に知られるとまずい。情報を漏らした俺の身が危険だからな。

「恋愛系じゃない。用事があっただけだ」

「教えたくないなら仕方ないか。あっ、氷川さんに関わることは力になれないけど、それ以外なら何でも相談してね。友達として出来るかぎりの協力はするから」

「期待してるよ」

「任せて。これでも友達思いなんだから。じゃ、翼《つばさ》ちゃんが待ってるから行くね」

土屋が去っていく。

後ろ姿をしばし見ながら歩き出した。

「っ」

一歩目を踏み出したところで近くにある階段から視線を感じたので顔を向けると、そこには疎遠になった幼なじみが立っていた。

その顔は何だ？

あいつは信じられないものでも見たような顔をしていた。

何を話していいのかわからず、俺は逃げるようにしてその場を後にした。

若干テンションが下がりながら歩き、校舎裏に到着した。

「よく来てくれたわ、同志よ」

氷川はすでに待っていた。

勝手に同志と認定するな。これってお互いにシスコンという意味で使ってきたんだろう。不知火の時と違ってシスコンの同志認定はちっとも嬉《うれ》しくない。

「あれからわたくしも花音ちゃんと話し合ったのよ。最近はあまり学校での生活について聞いていなかったから、とても有意義な時間だったわ」

「そいつは良かったな」

「花音ちゃんと会話をしてあなたの誤解は完全に解けたわ。確かにあなたは花音ちゃんの友達である神原彩音さんの兄で、あそこで出会ったのは偶然だと確認が取れたの」

氷川は頭を下げた。

「まずは謝罪します。強引に連れ出して申し訳なかったわ、ゴメンなさい」

「いや、わかってくれたなら問題ない」

この件に関しては俺のほうも強くは言えない。

妹に脅されて花音を口説こうとしたのは事実だからな。おまけに他の姫にも手を出そうとしている。実際には口説けていないわけだが、不誠実な野郎であるのは間違いない。

氷川は頭を上げた。

「そう言ってもらえると助かるわ。それから風評被害のほうは安心して。あなたには生徒会の仕事を手伝ってもらったと伝えておくわ」

「ありがたい」

これで彩音に言い訳もできる。

謝罪が終わったので話は終わりと思っていたのだが、氷川は「さて、それでは本題に入りましょうか」とか言い出した。

「本題？」

「あなたの話を詳しく聞いたわ。妹の神原彩音さんと仲良しで、とてもまじめで誠実な人と言っていたわ。あの花音ちゃんが男子を手放しで褒めるのは初めてのことよ。誇りなさい」

裏で俺を褒めてくれたのか。花音はいい子だな。

「残念ながらあなたがシスコンだとは見抜けなかったようだけど」

シスコンじゃないからね。

「あなたは妹を病的に愛しているシスコン。そうよね？」

違います。シスコンはおまえだけです。あの妹を可愛がる要素とかゼロです。学校では猫を被っているだけです。

心の中でそう言いながら。

「その通りだ」

口から嘘が飛び出した。しかも渋い声で。

待ってくれ、俺を嘘吐きとか軽蔑《けいべつ》しないでほしい。こうでも言わないと女王様の手によって亡き者にされてしまう。命を守るためだから仕方ない。

「あなたは妹である彩音さんの生活を第一に考えており、わたくしの可愛い天使との尊い空間を守りたいと考えている。実は花音ちゃん達と出会った時、あなたは自分の妹を尾行していた。そうでしょう？」

全然違いますけどね。

「よくぞ気付いたな。正解だ！」

他に選択肢はない。この勘違いに乗っかろう。

俺の返答に気分を良くしたのか、氷川は満足気に大きく頷いた。

「ここまで潔いと清々しいわね。個人的には好ましいわ」

褒められている気は全然しないが、評価されているらしい。

「そんなシスコンの神原佑真君。わたくしと兄姉同盟を結成しましょう」

「同盟？」

「わたくしとあなたは互いに自分の妹を大切に想《おも》っている。そして、互いの妹は友人同士となった。これはめでたいことよね」

「う、うむ」

全然めでたくない。

花音みたいな素晴らしい子があの腹黒腐れ外道の友達になってしまったのは悪夢である。それに対しては俺のせいでもあるので、これを咎められるのであれば土下座でもしよう。

「同盟って具体的には何をどうするんだ？」

「二人に近づく障害を排除するの」

「……排除」

物騒なこと言い出したぞ。

「見ているだけで癒《い》やされるあの素敵空間を守るの。それがわたくし達の使命よ」

「な、なるほど」

「基本的には接触前に注意し、もし接触されたら武力を行使して止める。わたくし一人だけではカバーできないところもあったけど、あなたの協力があれば全部上手《うま》くいくわ。例えば生徒会の用事でどうしても抜けられない時とかね」

良いことを言っている風だが、完全にプライバシーの侵害である。

「わかった。いいだろう」

「同盟結成ね。では、共に天使を見守っていきましょう」

「お、おう」

俺と氷川はがっちりと握手をした。

……バレたら地獄だな。

いずれ最悪な事態が訪れるだろう予感を胸に秘め、ここに薄氷の兄姉同盟が結ばれた。


氷川との接触を終え、俺は校門に向かって歩き出した。

普段なら放課後はテンションが高い。家に帰れるとルンルン気分になるのだが、今日はテンションが低いままだった。足取りは重く、全身に倦怠感《けんたいかん》があった。

頭のおかしな同盟を結んでしまった。

それだけでなく氷川にシスコン認定された。不本意であり、非常に不愉快である。

あの悪魔が可愛い妹とかありえないだろ。実の兄貴を自分が成り上がるための道具として使う奴だぞ。可愛いはずがない。

「神原先輩」

「っ、花音?」

とぼとぼ歩いていると、花音に声をかけられた。

時刻は放課後で、ここはまだ校舎の側面だ。校門まで距離があり、部活をしている生徒もこの辺りはうろつかない。出会うはずのない人物と出会ったことに驚いた。

「どうしてここに?」

「お姉ちゃんの様子がおかしかったから」

「ああ、なるほど」

仲良し姉妹だけあって花音のほうも姉の変化には敏感ってわけだ。

「もしかして、話を聞いてたか?」

「ううん。あんまり近づくとお姉ちゃんに気付かれるから」

助かった。あの同盟を知られずに済んだ。

「あの……ケンカですか?」

「違うぞ。氷川との話し合いは何事もなく終わった」

「え、ホントに?」

「うむ。友好的に話し合ったぞ」

嘘ではない。少なくとも今のところ揉め事は起こっていないし、氷川との関係は同盟相手なので良好なものだ。

友好的という言葉に花音は驚いている様子だ。

「話の内容は？」

「残念ながらそれは言えない」

あの同盟が表に出たら俺のシスコン疑惑が広がる。それはまずい。

「……わかった」

花音は不承不承といった感じだが、納得してくれた。

話が一旦《いったん》切れると、花音は意を決したように口を開いた。

「先輩は帰りですか？」

「そうだけど」

「じゃあ、彩音ちゃんの話でもしながら途中まで一緒に――」

花音がそう言いかけたところで。

「おやおや、そこにいるのは神原君じゃないか。奇遇だね」

不知火が手を上げてこっちに近づいてきた。

奇遇だと？

ここは人気の少ない場所だ。偶然のはずがない。部活をしていない不知火がたまたまここを通りかかる可能性など皆無のはずだ。こいつも俺が連行されるところを見ていたのか。

こっちに近づく途中で花音の存在に気付いたらしく、顔色がわずかに変わった。

「姫王子先輩？」

「君は確か氷川さんの妹だよね？」

学年が違うので面識はないが、互いに存在は知っていたらしい。

両者はしばらく互いを見つめ合った。その目は相手を監察しているように鋭いものだ。しばし互いを監察した後、同時に俺のほうを見た。

その視線は何だ？

怪訝《けげん》な表情をする俺だったが、それ以上に前に立つ二人のほうが険しい顔をしていた。ほぼ同時にため息を吐くのだから余計に意味不明だ。

「……意外」

「僕も同じ気持ちさ」

何故かどちらも不服そうな顔だ。

その後、数秒の沈黙があった。

「か、神原先輩、花音と一緒に帰りましょう」

「神原君、僕と一緒に下校しようじゃないか」

両者は同じタイミングで発言し、再び視線をぶつけ合う。

徐々に空気が重くなっていくのがわかった。その空気に耐えられず、ゆっくりと後ずさりした。

重苦しい空気と謎《なぞ》の重圧にビビっていた俺は第三者の接近に気付かなかった。

「じゃあ、間を取って私と一緒に帰ろっか」

「うわっ！」

別の声が入ってきたことに驚いて変な声を出しちまった。

いつの間にか隣に風間が立っていた。

「ちょっと、お化けが出たみたいな反応は傷つくよ」

「ま、まだ帰ってなかったのか？」

「神原君がどこに行ったのか気になったんだ。随分と思いつめた顔してたからさ。それで、追いかけてきたらこの状況になってたってわけ」

呼び出しに怯《おび》えていた俺の顔は結構酷《ひど》かったらしい。

「……妖精先輩の登場。これも予想外」

「僕もだよ。いつもの気まぐれかと思ったのに」

「それは私も同意見かな。私としては不知火さんの段階で充分に予定外だったんだけどね。ただでさえ高難易度だったのに、更に難易度がアップしたみたい」

俺を囲むようにして三人の姫は互いに視線をぶつけ合う。

本来なら姫に囲まれて華やかな空間のはずなのに、俺の背中には汗がにじむ。徐々に心臓の鼓動が加速していくのがわかる。

緊張状態を終わらせたのは風間だった。

「というわけで、私と帰ろ。この前も一緒に帰ったんだし」

その発言で場に緊張が走った。

一気に剣呑《けんのん》な雰囲気となったが、風間は気にせず続ける。

「あの時は公園で楽しくお喋りしたんだよね」

楽しくお喋りだと？

記憶が正しければ俺は公園に取り残されたはずだ。おまけに次の日には宣戦布告をされていた気がするのだが。

一緒に帰って公園に行ったのは事実なので否定はできない。

「たっ、楽しくお喋りするなら僕のほうが上だよ」

不知火が謎の対抗心を燃やした。

「実は神原君とは共通の趣味があってね。いつも会話が弾んで仕方がないんだ」

さすがに内容までは言わないらしい。

学校で堂々とVTuberの話題が出来るのは不知火だけだ。共通の趣味を持っているので確かに会話は弾む。これに関しては間違いない。

「……せ、先輩はわざわざ教室まで迎えに来るくらい花音に興味あります」

変わらぬ表情だが、鼻息荒く花音が言った。

場の空気が再び重苦しくなった。

「一緒に食事をしようって誘ってくれて、それから花音のことを『子猫ちゃん』って呼んでくれました」

風間と不知火が白い目で俺を見た。

おかしな対抗意識で黒歴史を晒《さら》しやがって。

「へえ、奥手かと思ったけど神原君って意外と侮れないね。女子に興味ない感じだったのに、いつの間にか下級生の姫にまで接触していたとは。もしかして、他の姫にも手を出してたりして？」

鋭いな、風間は。

まずいな、これは非常にまずいぞ。さすがに姫攻略していると気付かれることはないだろうが、このままでは美少女ばかり狙っている身の程知らず野郎と認定されちまう。

上手い言い訳も浮かばない。

ここはアレだ、ひとまず逃げて態勢の立て直しだ。

「あ、用事思い出した。というわけで、俺帰るわ」

棒読みでそう言うと、そそくさと歩き出す。

「「逃がさない！」」

回り込まれてしまった。

「逃げることないでしょ。大体、帰るなら私と一緒に帰ろ」

「一緒に下校する相手は僕だよ」

「相手は花音」

どうして俺みたいな奴と一緒に帰ろうとする。

てか、修羅場のような雰囲気になっているのは何故だ？

本来なら下校イベントで関係を進めたいところだが、三人同時とか絶対無理だ。進展どころか悪化する未来しか見えない。これを捌《さば》き切る自信はない。

どうにかこの場を切り抜ける方法を探さないと。

放課後だから生徒は少ないが、誰かに見られたら大変な誤解を招く。特に土屋とか氷川にこの場面を見られたら誤解が加速しそうだ。

「あれ、彩音ちゃん？」

不意に花音がつぶやく。

ここで彩音まで登場するのかよ。あいつも帰宅部であり、本来ならここら辺をうろつかない。あいつは花音に用事があったのだろう。一緒に帰ろうとしていたのかもしれない。で、歩き回っていたらここに到着したといったところだろう。

一縷《いちる》の望みを託して振り返ってみると、こっちに近づく彩音と目が合った。

──助けてくれ。

必死に目で訴える。

彩音はこの場の異質さに気付いたようで一瞬だけ表情を歪《ゆが》めた。それから俺と目が合い、あいつは何かを察したように小さく頷いた。

「お兄ちゃん、家にスマホ忘れたでしょ！」

「えっ――」

やってきた彩音は俺に向けて口を尖《とが》らせる。

孤独な時間を乗り切る相棒であるスマホを忘れるはずない。今もポケットにある。

「お母さんが帰りに買い物頼みたいってさ。お兄ちゃんがスマホ忘れたからあたしに連絡してきたんだよ。ほら、しょうがないから買い物に付き合ってあげる」

母親から買い物の依頼など初めてだ。

「というわけで、これで失礼します」

彩音はぺこりと頭を下げると、俺の裾《すそ》を引っ張って歩き出した。

訳がわからず成り行きに身を任せる。残された三人の姫は困惑した表情になっているが、事情を聞いていたせいか特に口を挟む様子はなかった。

そのまま校門を出る。

「あの、彩音さん？」

「状況はよくわかんないけど、ピンチだったんでしょ。最初は妖精か姫王子を攻略する気かと思ったけど、花音もいたから違うってわかった。兄貴の顔が完全に引きつってたし」

「お、おう。実は突然の出来事で俺もどうしていいかわからなくて」

「感謝しなさいよ」

「マジで助かった。ありがとな」

「フン……別にいいわ。ここで無視したら仲良し兄妹の設定が破綻するし、仕方なくだから」

そうつぶやいた彩音の顔は少し赤くなっていた。

悪魔とか言って申し訳ない。マジで助かった。どうやら俺は最高の妹を持ったようだ。これはもう天使といっても過言じゃないかもな。

……あれ、でも待てよ。そもそもこうなった原因はこいつじゃなかったっけ?

どことなく腑《ふ》に落ちない感情を抱きつつ、無事に帰宅した。

閑話
女王の独り言

「ひとまず、これで終わりね」

神原佑真《かんばらゆうま》と同盟を結成した後、去っていく彼の背中を見ながら独り言ちる。

まさか学園で同志と出会えるとは思わなかった。しかもお互いの妹同士が友人になるという奇跡が発生した。

正直、彼と花音《かのん》ちゃんが楽しそうに喋《しゃべ》っている姿を目撃した時はこうなると思わなかった。人生とは本当に不思議なものね。

深く息を吐き、これまでの生活を思い浮かべた。

わたくしが花音ちゃんに心を奪われたのは物心がついた直後だった。歳《とし》の近い姉妹はケンカばかりと聞くが、我が家ではそういうことは一切《いっさい》なかった。近所でも有名な仲良し姉妹として名が通っていた。

人形のように可愛《かわい》い顔立ち。ちょっと口下手だけど家族の前では明るくて、怖い人が近づいて来るとわたくしの後ろに隠れる花音ちゃんが昔から可愛くて仕方なかった。

でも、ベタベタし過ぎるのは嫌われる。

わたくしは尊敬できる素晴らしい姉を目指した。必死で勉強し、運動だって頑張った。憧《あこが》れの姉でいるために出来るかぎりの努力をしてきた。

シスコンだとバレないようにスキンシップは適度なところでガマンした。花音ちゃんには気付かれていないはずだ。

姫ヶ咲《ひめがさき》学園に入学したわたくしは迷わず生徒会に入った。

理由は無論、来年入学してくる花音ちゃんに素敵なお姉ちゃんの姿を見せるため。頑張って活動した。素行不良の生徒に説教したり、規律を守らない生徒がいれば細かく注意した。

いつの間にか周囲から怖がられる存在となっていたが、別に良かった。むしろそっちのほうが変な男が寄って来ないから助かったくらいだ。これまでの人生でもそうだった。

一年が経過すると、予定通り花音ちゃんが入学してきた。

わたくしは生徒会長に立候補し、無事就任した。花音ちゃんからの「凄いね、お姉ちゃん。おめでとう」の言葉は未《いま》だに頭の中で無限再生できる。

あの天使を独占したい反面、自慢したい気持ちもあった。

そこで目を付けたのは新聞部が行っている総選挙だ。わたくしは全然興味なかったけど、いつの間にか姫という称号を与えられていた。

自分を支持すると言ってくれた人達にそれとなく花音ちゃんに投票してほしいと呼びかけた。

一年生で唯一の姫に選ばれた時は密かにガッツポーズをしたくらい。一位じゃなかったのは不満だけれど、相手があの女なら仕方がない。

高校生活も今までのように姉妹で仲良く過ごそう。

そう思っていたある日、事件が発生した。

見知らぬ男が花音ちゃんと楽しそうに話していたのだ。

普段の花音ちゃんは男に対して興味を持たず、声をかけられても無視する。しかしその男とは楽し気に喋っていた。おまけに去り際に男の手を取った。

大事件だ。相手の男が同じ学年の男子だと気付いたわたくしは即刻排除しようと行動した。

けれど、それは大きな誤解だった。

彼は花音ちゃんの友達の兄で、わたくしと同じく妹を可愛がるシスコンだった。

「……あのカップリングは本当に良いわ」

妹属性しかないはずの花音ちゃんよりも小柄な女の子。妹属性しかないはずの花音ちゃんがお姉さんに見えた。新しい世界が垣間見えた気がした。

神が与えた奇跡のカップリング。

もし、あの子が家に遊びにきたらどうしよう。花音ちゃんと一緒になってわたくしに抱きついてきたらどうなるだろう。

「ぐへへ……っと、そろそろ帰らないと」

口元から垂れそうになる涎を拭い、わたくしは歩き出す。

あら?

わたくしの目に留まったのは花音ちゃんと神原佑真だった。会話している場所から考えると、わたくしと会話を終えた神原佑真とばったり出くわしたのだろう。彼の気持ちを知るまではイラっとしたその光景も、今なら単なる世間話だと――

「えっ？」

自分の目を疑った。

常日頃から花音ちゃんを見ているわたくしは一瞬で気付いた。花音ちゃんがあの男に惚《ほ》れていると。強い好意を抱いていると。

「……」

あいつは仲間じゃなかった。

早くも同盟が終わったと握りこぶしに力を入れたが、更なる衝撃がわたくしを襲った。

神原佑真のほうは全然その気がなかった。

これまで多くの男性に好意を寄せられてきた経験から、男性の目つきや視線、雰囲気で好意を抱いているのか否かを判断できるようになっていた。

あの男は花音ちゃんに惚れていない。

ホントに男なの？

「……って、そうだったわ。あいつはシスコンだったわね」

理由がわかるとすっきりした。妹が一番のあの男からしたら、花音ちゃんはあくまでも妹の友達という位置付けでしかない。

「これは、難しい状況になったわね」

無理に引きはがせば花音ちゃんに嫌われちゃう。あの奇跡のカップリングがわたくしのせいで解散とかありえない。

頭を働かせながら状況を眺めていると、見知った女子生徒が乱入してきた。わたくしと同じく姫と呼ばれる女子生徒だ。

あら、神原佑真と仲良しなのかしら?

ここからだと遠くて内容まではわからない。言い争っている感じでもないし、かといって仲良くしているわけでもない。

黙って状況を見守っていると、神原佑真の妹さんが登場して解散となった。

何事もなく終わったことにホッとしたが、問題はここから先だ。わたくしは状況を好転させるために頭をフル回転させた。

翌日の昼休み。

わたくしは思考を働かせながら廊下を歩いていた。

神原佑真を敵認定したまではいいが、それ以上の行動はできなかった。

あの男を潰《つぶ》すつもりで調べてみたが、友達が少なく人との関《かか》わりがほぼなかった。性格はまじめで、欠席も遅刻も早退もないから素行に関して突くポイントがない。成績のほうも結構高いことがわかった。

一応、妹の神原彩音《あやね》さんも調べてみた。彼女は非常に評判が良かった。誰《だれ》に対しても平等で優しく、いつも笑顔で場の雰囲気を良くしてくれるマスコット的存在。たまにドジなところもあるが、致命的なミスはしていない。

幼い顔立ちはコアなファンがおり、性格面が高く評価されている。近いうちにあの選挙で姫に選ばれるという噂も流れている。

わたくしの勘だけど、ミスはわざと行っている可能性が高い。

恐らく彼女は計算高いタイプだ。よく観察すると行動の一つ一つにあざとさが垣間見えた。男子に好かれるための行動で、女子の中では結構いるタイプだ。

ただ、彼女の場合は隠すのが上手《うま》い。

愚鈍な男子には気付けないだろうし、女子の中でも相当鋭くないとわからないでしょう。無論、わたくしの可愛い天使はまるで気付いていない。

腹黒系ロリっ子と天使のカップリングとか最高じゃない。

あの手のタイプは自分のメリットになる行動をする傾向にある。花音ちゃんは選挙で姫に選ばれるくらい人気があるし、計算高い彼女なら花音ちゃんを邪険にはしないはず。そういった意味でも安心できる相手だ。

「花音ちゃん、今日はどこで食べる？」

「……教室」

「ええ、食堂行こうよ」

「行きたいの？」

「うん、行きたい」

「彩音ちゃんは仕方ない。じゃ、行こう」

廊下を歩いていたらたまたま聞こえてきたやり取りに心が安らぐ。

このカップリングは尊い。あまりにも尊い。

他の子が相手だと花音ちゃんのお姉ちゃんムーブとか見られない。わたくしだけでなく、二人のやり取りを花音ちゃんのクラスメイトも温かい目で見守っている。

やっぱり無理に引き裂く必要はないわね。あの男だけをどうにかすればいい。

ただ、花音ちゃんが惚れているのであれば無理に遠ざけたらわたくしの評価が下がる。それは避けなければならない。

どうするべきかしら。

一番簡単なのはあの男が彼女を作ることだ。

落ち込んでいる花音ちゃんを見るのは心苦しいけど、それはそれでレアな光景だと脳内の画像フォルダに残しておける。

問題は神原佑真を落とす女がいない点。

これといって目立たないあの男を好きになる女子は少ない。最近は不知火翼《しらぬいつばさ》さんと会話する男子として話題になったが、その理由も親友とケンカしていたのを仲裁したからだという。

……あいつはシスコンなわけだし、放っておいても大丈夫？

いいえ、それは楽観しすぎね。シスコンとはいえ、花音ちゃんの可愛さに気付いてガマンできなくなる可能性は十分ある。

いっそのこと、わたくしが彼女になる？

ないない。大体、わたくしがシスコンだと知っているから告白しても嘘《うそ》だと思うはず。それ以前にわたくしの彼氏が冴《さ》えないシスコン野郎とか絶対にありえない。

他にも問題がある。花音ちゃんは意外と諦《あきら》めが悪い。あの男が彼女を作るといっても、花音ちゃんが諦められるレベルの女が必要になる。

花音ちゃんが諦められるのは姫と呼ばれる女くらいだけど、完全に花音ちゃんが諦められそうな相手となれば心当たりは一人しかいない。

総選挙でトップに君臨するあの女が相手なら諦めもつくはず。まあ、あの女が冴えないあの男に興味を抱くとは思えないけれど。

頭を悩ませながら歩いていると、視界の先に見知った二人の女子生徒が映った。

彼女達は喋りながら空き教室の中に入っていった。

わたくしは何気なく空き教室に近づいた。

一人は土屋美鈴《つちやみすず》さん。とても有名な人なのでよく知っている。女性らしい部分が非常に豊満で、男子生徒から人気のある女子生徒。

そして、もう一人は学園のトップに君臨しているあの女。

何を話しているのかしら？

お行儀が悪いと理解しつつも、聞き耳を立てた。

「……」

「……」

そこで耳にしたのは信じがたい話だった。

わたくしはこみ上げる感情を抑えきれず、教室の中に入った。

「話は聞かせてもらったわ。少しいいかしら？」

警戒する二人に弁明する。

「いいえ、違うの。わたくしはあなた達に協力したいのよ。盗み聞きしたことを謝罪するのが先というのなら謝罪から入ります」

謝罪を済ませ、わたくし達は話し合った。

そして、ある目的のために手を取り合った。全員の思惑が合致し、ここに史上初となる〝ビッグ3同盟〟が誕生した。

「まさかこうなるとはね」

思いがけない展開になった。わたくしは笑みを浮かべ、ゆっくりと歩き出した。

第五話
闇の聖女

「じゃ、早速だけど聞かせてもらおうか」

十月最初の定期報告。

夕飯を食うなり、彩音《あやね》が部屋に入ってきた。いつもの時間より早いので余程聞きたいことがあったのだろう。

彩音は机の上に置いてあった俺《おれ》のお菓子を奪うと、ベッドの上で食い出した。注意しても意味ないので何も言わない。てか、さっきまで夕飯を食ってたはずなのによく食べられるな。

「聞くって？」

「まずはあたしが助けてあげた件から」

「それは前に説明しただろ。氷川《ひかわ》に呼び出された帰りに、たまたま花音《かのん》と遭遇しただけだ。花音と話していたら、たまたま通りかかった風間《かざま》と不知火《しらぬい》が会話に交ざっただけだ。俺としても想定外の事態だった」

他に説明のしようがなかった。

どうして修羅場のような状況が出来上がってしまったのか、それを説明しろと言われても無理だ。俺にもわからないし。

彩音はそれ以上の追及はしなかった。

「まあいいわ。だったら、女王様に呼び出された理由は？」

「それは――」

「生徒会の仕事を手伝ったって噂が流れてるけど、あの雰囲気だと違うでしょ。大体、生徒会に関係ない兄貴が呼ばれるはずないし」

そりゃそうだ。生徒会と俺は完全に無関係だ。

彩音は俺と氷川がまるっきり接点がなかったと知っている。他の生徒は誤魔化《ごまか》せるかもしれないが、生徒会の手伝いのために俺を呼び出すってのはおかしい。しかも呼び出した場所が校舎裏だし。

ここは素直に話したほうがいいだろう。

「俺と花音が喋《しゃべ》っていたのが気になったらしい」

「どゆこと？」

「ほら、前にコンビニに向かった時におまえと花音に会っただろ。実は氷川がその現場を見てたらしいんだ。で、花音と喋る俺の存在が気になったらしい。花音は今まで男子とあんまり喋らなかったみたいだから」

彩音が苦々しい顔になる。

「……過保護すぎでしょ」

「全くだ」

「そういえば、花音もぼやいてたわ。女王様ってとっても過保護で、出かける時はいちいち連絡しないといけないって。連絡を忘れるとすぐに追いかけて来るって」

完全に過保護のレベルを超えてるな。

呆《あき》れ顔だった彩音だが、俺の顔を見ると少し納得した表情になった。

「けど、よく考えればおかしくはないか。可愛《かわい》い妹に兄貴みたいな気持ち悪い奴《やつ》が近づいたわけだし、姉としては警戒するわね」

「俺を犯罪者みたいに言うな」

「そこまでは言ってないけど、あの長文投げ銭を見たら女王様の気持ちも理解できるわ。あたしだって同じ理由で花音に近づいてほしくないし」

「ぐっ」

それは言われると言い返せない。

「しっかり弁明したの?」

「もちろんだ。おまえの友達だから軽く挨拶《あいさつ》したと言っておいた。挨拶をしないほうが失礼だと力説したらちゃんとわかってくれたよ」

「兄貴にしては機転利《き》くじゃん」

「大切な妹を攻略対象にしてた、って素直に言えないだろ。知られたらおまえも困るだろ」

俺がそう言うと、彩音は「そうね」とつぶやいて頷《うなず》いた。

姫攻略のことが露呈したら氷川はキレる。シスコンのあいつが妹を攻略対象にしていたと知ったらどう暴《あば》れるか想像したくない。俺だけでなく、彩音だって無事には済まない。

「一応聞いてあげるけど、女王様はどうなの」

「どうって?」

「攻略対象として」

氷川亜里沙《ありさ》の攻略だと?

不可能に決まってるだろ。あいつは攻略対象どころか単なる要注意人物だ。流れでおかしな同盟を結成してしまったが、可能なら近づきたくない。

「絶対不可能だ!」

断言する。

「そうだよね。さすがに女王様は無茶か」

「無理だ。絶対無理」

「……相手が相手だからしょうがないか。元々ここは無理だって思ってたし」

あんなシスコンはこっちからお断りだ。あいつがどうしようもないシスコン女だとバラしてやりたい気分になる。

だが、残念ながらそれは出来ない。

氷川がシスコンなのは事実だが、何故《なぜ》か俺もシスコンになっている。あのおかしな同盟の件が表に出れば俺の評判はガタ落ちだ。

それに対して氷川のほうはどうだろう。多少はダメージが残るかもしれないが、妹思いの素敵な姉みたいな感じで評価が落ち着く可能性だってある。

　それ以前に俺が言い触らしたところで誰《だれ》も信じない可能性が高い。

「十月になったわけだし、ここまでの進捗具合をまとめてみましょう」

「いいぞ」

「妖精《ようせい》とは友達になったけど特に進展なし。女神と姫王子はケンカの仲裁したから好印象は与えているけど攻略は難しい。花音に関してはあたしがストップさせて、女王様は絶対に不可能だから手を出さない。聖女はまだ接触なし。これで合ってる？」

　正解だ。

　姫のうち五人と接触した。友達やら知り合いにはなったが、残念ながらそれ以上の関係にはなっていない。

　こうして並べてみると攻略は出来ていないが、我ながら上出来だ。

　女との接触がほぼなかった俺が短期間にこれだけの姫と接点を持った。自分で自分を褒めてやりたい。

「二学期の総選挙は十二月の中旬でしょ？」

「そうだ。期末テストが終わってから投票が開始される」

　俺に残された時間はそう多くない。

　二学期は球技大会やら文化祭など行事は多い。直近では中間テストもあるし、総選挙前には期末テストもある。行事はチャンスかもしれないが、そこを活かせる自信はない。

「行けそうなの？」

「……」

最初から自信はなかった。でも、やるしかない。

「無理でもやるしかないだろ。おまえが姫を諦《あきら》めてくれれば簡単だけど」

「嫌に決まってるでしょ」

「だろうな」

こいつが諦めてくれるはずないか。

「問題は最後の姫だけど、あの人はどうするの？」

脳裏にちらつくのはあいつが楽しそうにイケメンとショッピングをしていた光景。どうしてもあの時の楽しそうな顔が脳裏に浮かぶ。

「そ、その前に中間テストがあるぞっ！」

耐えられなった俺は話題を変えた。

「……嫌なこと思い出させないでよ」

来週から中間テストが行われる。

余談だが、彩音の奴は勉強が苦手だったりする。姫ケ咲《ひめがさき》に通うため必死に勉強したが、こいつはそこまで成績優秀ってわけじゃない。

「おまえ、花音と友達になって浮かれてただろ。勉強はしてるのか?」

「うっ」

「その顔だとしてないみたいだな。小遣《こづか》い減らされても知らねえぞ」

「ば、バイトするし!」

「テストの点数悪かったらバイトも禁止されるかもしれんぞ。大体、赤点取ったら姫の座だってあぶねえだろ。今の姫で赤点取るような奴はいない。赤点取る奴に投票したくない、って連中も少数だけどいるはずだぞ」

彩音はお菓子を食べる手を止めた。

高校生なので容姿が評価に直結するが、成績を重視する生徒だっている。姫は学園の名物だし、学園の象徴が馬鹿《ばか》なのは嫌という意見は頷ける。

「勉強疎かにしてたかも」

「頭が良ければ評価も上がるだろ。実際、氷川もあいつも成績優秀だし」

「しょうがない。嫌だけど勉強するか」

彩音は心底嫌そうな顔になり、とぼとぼ自分の部屋に戻っていった。

単純な奴だな。

そう嘲笑いながらも、実は俺も成績の低下を気にしていたりするので勉強を開始した。頭にちらつくあいつの姿を振り払うように。

憂鬱《ゆううつ》な月曜日の朝。

いつものように起床し、用意してあった菓子パンを食ってから家を出た。今日は快晴だ。抜けるような青空が広がっていた。

「……」

「……」

家を出て一歩目。俺は停止した。

人間は予想外の事態に直面すると固まってしまうらしい。

「おはよ、ゆう君」

笑顔で声をかけてきたのは疎遠になってしまった幼なじみの聖女。

姫ヶ咲学園総選挙第一位・宵闇月姫《よいやみつきひ》。

入学して最初の総選挙で一位を獲得すると、現在まですべての総選挙で一位を獲得している姫ヶ咲学園を象徴する姫。

二つ名は〝闇《やみ》の聖女〟。

女王である氷川亜里沙、女神の土屋美鈴《つちやみすず》と並ぶ〝ビッグ3〟の一角。一位だからこの場合はセンターとでも言えばいいだろうか。

聖女と呼ばれる由来は神秘的な美しさ、そして清廉潔白なところから命名されたものだ。

流れるような長い黒髪、地上波で活躍するトップアイドルにも負けない整った顔立ち。すらりと伸びた手足に抜群のスタイル。性格は優しく穏やかで、下ネタなどの下品な話が嫌い。高いコミュニケーション能力を擁《よう》するが、男子とは一定の距離を保って生活している。

ひと言で表すなら王道である。現在の姫は個性的な美少女ばかりだが、月姫は王道の超正統派美少女だ。頭も良く、美しい所作には品性を感じる。

容姿端麗、頭脳明晰、品行方正とまさに大和撫子と呼ぶにふさわしい。

姫の中では土屋に一番近い。両方に惚《ほ》れたってことは単純に俺の好みのタイプってわけだ。

昔の月姫はそこまで髪が長くはなかったが、中学の中盤くらいから急に伸ばし始めた。疎遠になった辺りからだ。

俺とは小学生になる前からの知り合いで、母親同士が友達で家が近かったので毎日のように遊んでいた。甘酸っぱい初恋と苦々しい失恋をプレゼントしてくれた相手でもある。

どうして月姫がここに?

彩音の仕業か?

けど、あいつは中間テストに向けて勉強すると言っていた。この状況で月姫に連絡するのはありえない。

「ゆう君?」

「あ、おはようっ」

挨拶を返すと、月姫は安心したように笑った。

懐かしい笑顔だった。昔に比べるとグッと大人になっているが、それでも懐かしいという感情を覚えるのは俺にとってそれだけ月姫が特別な存在だからだ。

「無視されてるのかと思ったよ」

「そうじゃない。突然の事態に動揺してたんだ」

「久しぶりだもんね」

月姫はくすっと笑うと。

「さっ、行こっか」

「行くってどこに？」

「学校だよ。登校する時間でしょ」

「お、おう。そうだな」

促されて歩き出すと、月姫は当然のように隣を歩いた。どうやら彩音ではなく俺が目的らしい。

ここまで来て嫌とは言えなかったので一緒に学校に向かうことにした。

「一緒に登校するのは久しぶりだね」

「そうだな」

「何年ぶりかな。昔に戻ったみたいだね」

「う、うむ」

「高校に入ってからは同じ道なのに会う機会もなかったもんね」

意図的にズラしていたからな。

……ってか、これは何だ？

疎遠になったはずの幼なじみとの登校。まるで意味がわからない。

チラッと隣を見てみたが、間違いなく月姫だ。ニセモノじゃない。こいつの顔を間違えるはずないし、「ゆう君」という呼び方をするのも月姫だけだ。

「私の顔に何かついてる？」

「えっ、いや、別に」

「……そっか」

「……」

沈黙は気まずい。話題を出そう。

あの時のイケメンについて聞くのはどうだ？

ダメだな。疎遠になった幼なじみにいきなり恋愛の話題はおかしい。俺でもそれくらいはわかる。

ここは無難な話題を選ぶべきだ。

「そういえば、もうすぐ中間テストだな」

「来週だね」

「勉強はしてるのか？」

「いつも通りかな。でも、大丈夫だよ思うよ。氷川さんには勝てないかもしれないけど、上位はキープできると思うから」

よし、話題のチョイスは成功だな。

「月姫は頭が良くて羨《うらや》ましいよ」

「ゆう君だって悪くないでしょ」

「普通だろ」

「そんなことないよ。これまでのテストでもずっと良い点数だったし。私が知ってる頃とは全然違うからビックリしちゃった」

どうして俺の点数を知っている。

と、思ったけど姫ヶ咲学園では学年の成績上位百位までが廊下に張り出されるシステムだ。俺の成績はぎりぎりそこに載るくらいだ。

疎遠になったとはいえ幼なじみだ。名前の確認くらいはするか。俺だって月姫の順位を知っているからおかしくはない。

「今回のテストはどう？」

「今回はちょっと自信がない」

「えっ、何かあったの？」

「勉強が疎かになってるんだ。時間が取れないってのは言い訳になるが、少々多忙でな」

残念ながら俺の成績は徐々に下がっている。

二学期になってからはロクに勉強していない。姫攻略とやらを開始する羽目になったからだ。勉強に割く時間が減り、このままだと大幅に点数が下がると予想される。

「もしかして、バイトのせい？」

「バイトは関係ない。去年もバイトしながらだったけど成績は落ちてないし」

「それもそっか。あのバイトもそこまで長い時間してないもんね」

何故バイトの時間を知っている？

俺のバイト先は近所にあるコンビニだが、月姫が来店した記憶はない。

あっ、親経由か。母親同士が仲良しなので親から聞いている可能性はある。むしろそれしかないだろう。

「成績がピンチなら、昔みたいに私が教えてあげる」

「いいのか？」

「これでも成績いいからね。ゆう君だけで勉強するよりも効率良いと思うよ」

そう、月姫は氷川に次ぐ成績を誇っている。

こいつは昔から頭が良かった。小学生の頃はよく教えてもらった。教え方も上手で、将来は教師になりたいと言っていたのは記憶に残っている。

姫攻略とは関係なしに勉強は教わりたい。このままだと冗談抜きで成績が落ちそうだし、姫の攻略を続けていくと間違いなく学力は低下する。

……彼氏はいいのか？

すでに別れているのかもしれないが、途中で彼氏が乗り込むとか勘弁してくれよ。

でもまあ、大丈夫だろ。教えるといっても何人か集めての勉強会のはずだ。昔みたいにどっちかの部屋ってわけじゃない。お互いに昔とは立場が違う。

「放課後、ゆう君の家に行くね」

「えっ」

「ゆう君の家だと都合悪い？」

「そういうわけじゃない。全然大丈夫だ」

「楽しみだなぁ。久しぶりに彩音ちゃんともお喋りしたいんだ」

なるほど、目的は彩音のほうか。

当然ながら彩音とも幼なじみになる。今は知らないが、昔はそれなりに仲良しだった。月姫は一人っ子なので妹がいて羨ましいと何度も聞かされた。

久々に旧交を温めたくなったのだろう。俺はオマケ扱いってわけだ。

でも、オマケの俺と一緒に登校するのはおかしくね？

妙な引っ掛かりを感じたと同時に周囲からの視線を感じた。ようやく今の状況の危うさに気付き、俺はその場に止まった。

「このまま登校するのはまずい。ここからは別行動にするぞ」

月姫は小首を傾《かし》げた。

「どうして？」

言わなくてもわかるだろ。

聖女様と登校したら一瞬で取り囲まれる。事情聴取され、場合によっては袋叩きだ。テスト前にテストを受けられない体にされるのは避けたい。

「一緒に行こうよ」

「ダメだ」

「ええ、私はゆう君と一緒に行きたいのに」

「ダメだ。別々に行かないと勉強会の約束もなかったことにするぞ」

ピタッと月姫の動きが止まった。

「勉強会がなくなるのは嫌だから、ここは大人しく引き下がるね。それじゃ、また放課後に」

残念そうな顔でそう言った月姫は学園に向かって歩き出した。

周囲の視線を浴びる幼なじみの背中を見ながら、俺の胸は数年ぶりに強く脈打っていた。

おかしい。絶対おかしい。

学校に到着してからずっと思考を巡らせていた。おかげで授業中も集中力を欠いて何度となく注意されたが、こっちはそれどころじゃない。

月姫の行動は明らかに変だ。

朝は緊張と突然の出来事に戸惑う感情のせいでさほど深く考えられなかったが、冷静になればおかしいと気付いた。

俺と月姫の間には巨大な壁が存在した。

別にケンカとかしたわけじゃないが、間違いなくお互いを避けていた。まあ、俺があいつを避け始めたのがそもそもの原因なわけだが。

あいつも避けられているのを悟ったのか、近づかなくなった。そうしていつの間にか疎遠になっていった。

そんな相手が家の前で待っていて、おまけに一緒に登校だと。

あいつの目的は何だ？

心当たりがない。宝くじに当たったわけでもないし、俺が急にイケメンになったわけでもない。

突然コンタクトを取ってきた理由が説明できない。

「ねえ、神原君《かんばら》」

時刻は昼休み。

隣の席に座る風間から名前を呼ばれ、思考の海から意識が戻ってきた。

「どうした」

「あの噂って本当なの?」

風間が恐る恐るという感じで尋ねてきた。

「噂って?」

「えっ、知らないの?」

聞き返すと、風間が目を瞬いた。

「その様子だと本当に知らないみたいね。ううん、知らないならいいの。噂の真偽もわからないし、詳しい情報が聞けた時にまた聞くから」

風間はお弁当を片手に友達のところに向かって行った。

何だよ、気になるじゃねえか。ただでさえ月姫の行動が意味不明で戸惑ってるのに勘弁してくれよ。

気にはなったが、今は考えなくていいだろう。ひとまず昼飯を食いながら放課後の勉強会をどう乗り越えるか決めるほうが重要だ。

空き教室に向かうために立ち上がると、クラスメイトから視線を感じた。

「……?」

前に不知火との一件で注目されたが、今日はそれ以上だ。氷川に呼び出された件も生徒会の手伝いを頼まれたと説明されているし、クラスメイトから見られているのは何故だろう。

視線が気になりつつも空き教室に向かって歩き出す。

その途中、見知った顔に出会った。

「あら、噂の神原佑真《ゆうま》君じゃない」

「あ、有名人になった佑真君だ」

話しかけてきたのは氷川と土屋だった。

珍しい組み合わせだな。

昨年から〝ビッグ3〟と呼ばれる両者だが、その関係はあまり深くない。去年は違うクラスだったし、会話しているところを見たことない。ちなみに月姫もこの両者と会話をしている場面を見たことがない。

妙だな。

先日までの土屋は氷川を怖がっていた様子だったのに、今は楽しそうに談笑している。この数日で仲良くなったのだろうか。

「けれど、意外だったわね」

「わたしは同じ中学なのに全然知らなかったよ」

「……何の話だ？」

俺は首を傾げる。

「あの宵闇月姫さんと幼なじみという話よ」

「男子と必要以上に接近しない宵闇さんと唯一の仲良しなんでしょ?」

不意打ちに頭が混乱した。

どうしてこの二人がそれを知ってるんだ。

「噂で聞いたの。あなたと彼女は同じ幼稚園に通っていた幼なじみで、昔から互いの家を行き来していた関係だってね」

「初耳だったから驚いちゃった」

「しかも子供の頃に結婚の約束までしていたらしいわね」

「ロマンチックだよね。初恋の幼なじみって」

えっ、結婚の約束?

幼なじみというのは事実だし、互いの家を行き来していたのは間違いない。でも、結婚の約束とか全然記憶にないぞ。

もしかしたら幼稚園の頃に遊んでいた中でそんな話をしたのかもしれないが、残念ながら記憶に残っていない。

いや待て、それ以上に気になる単語が出てきた。

「噂になってるのか?」

二人は頷いた。

「ええ、結構な噂になっているわ」

「凄い勢いで情報が回ってるみたい」

マジかよ。

と、同時に気付いた。さっき風間が聞きたそうにしてたのはこの噂だったのだろうと。クラスメイトの視線もこれ関係ってわけだ。

「情報の出どころは？　誰から聞いたんだ？」

問題はどこの誰が流したのかという点だ。

「さあ、わたくしは知らないわ」

「わたしも知らないかな」

「じゃあ、二人は誰に聞いたんだ？」

尋ねると、両者は顔を見合わせてくすりと笑った。その笑みに含みを感じたが、追及できるほど俺は冷静じゃなかった。

「教室でクラスメイトが話しているのを聞いただけよ」

「わたしも同じかな」

どっちも噂で聞いただけか。

「聖女とまで讃《たた》えられる相手と仲良しなんて羨ましいわね」

「同感だよ。佑真君の本命は風間さんだと思ってたけど、宵闇さんだったんだね。相手が凄すぎて無茶って言いたいところだけど、結婚の約束までしてる幼なじみならもう勝ったようなもんだよね。おめでとう」

誰に勝つんだよ。

てか、あいつにはイケメンの彼氏がいるんだけどな。

しかしそれは言えない。現在付き合っているのか不明だし、個人情報を勝手に流出させるのはしたくない。今日まで疎遠になっていたが、あいつに暗い感情があるわけではない。

「じゃあ、わたくしは戻って昼食にするわ。今日は妹と一緒に食べる予定なの」

「わたしも翼《つばさ》ちゃんが待ってるから教室に行かないと」

二人は仲良く去っていった。

それにしても、二人共めちゃくちゃ上機嫌だったな。


一体どうなってやがる。

菓子パンを頬張《ほおば》りながら考える。次から次に問題が起こりやがる。

今回の騒動における最大のポイントは噂の出どころだ。何故なら噂を流せるのは学園に三人しかいない。俺を除けば二人だけだ。

噂の張本人である月姫と、妹である彩音だけだ。

俺と月姫が中学二年生の途中まではよく話す間柄だった、という点は同じ中学出身の奴なら知っているかもしれない。

ただ、家が近くで行き来していたというのは誰にも言っていない。

これを知っているとなれば犯人は二択まで絞られる。

普通にいけば彩音だろう。あいつが月姫の評判を下げるために情報を流すという強硬手段に出たと判断するのが自然である。

だが、結婚の約束とか俺ですら覚えていないようなものが出てきた。その約束の話が本当なら、それを知っているのは月姫しかいない。

「考えてもわからねえよな。まっ、勉強会の時にでも聞けばいいか」

いくらこの場で考えても答えとか出るわけない。後で本人に聞いて確かめたほうがいいだろう。

残りの菓子パンを頬張り、お茶で流し込む。

食べ終わった瞬間、ドタドタと足音が響いた。そして、前後の扉が同時に開く。

「先輩！」

「神原君！」

前後の扉から花音と不知火が入ってきた。

「花音に不知火？」

両者は前後の扉から入って来ると、迷わず俺のほうに近づいてきた。そして、怒りと焦《あせ》りが混じったような顔を寄せてきた。

勢いと表情にビビった俺は思わず「ひぇ」と情けない声を出した。

「……あの噂は本当？」

「あの噂は事実なのかい？」

同時に尋ねてきた。

両者はそこでようやく互いの存在に気付いたらしい。顔を合わせて驚きの表情を浮かべた。

「また姫王子先輩？」

「それはこっちの台詞だよ」

「どうして姫王子先輩がここに？」

「奇遇だね。僕も同じ質問をしようとしていたところだ」

両者はしばし視線をぶつけていた。互いに言葉は発していなかったが、視線で会話をしているようである。

数十秒後、ほぼ同時に俺のほうに向きなおった。

「……今は噂の件を聞きたいです」

「確かにそちらが先決だね」

「あの聖女先輩と幼なじみで、婚約済み」

「僕もその噂を聞いたんだ。一体どういうことなんだい」

それは俺のほうが聞きたいです。

「まあ、ひとまず落ち着いて――」

落ち着くように言ったが、興奮状態の二人には届かなかった。バンッ、と凄い勢いで机を叩《たた》いて顔を近付けてきた。

「いいから答えて！」

「答えてくれ！」

普段とは違う形相で怖かった。

この二人がどうして噂を気にしてるんだ。

俺の恋愛とか全然興味ないはずだろ。

そう思ったが、途中で気付いた。花音も不知火も学園で仲のいい男子がいない。唯一の例外が俺だ。花音からすれば友達の兄であり、不知火からすれば同じVTuberを愛する同志である。

面識ある男子の恋愛事情が気になるってわけだ。

俺だってこの二人に彼氏がいるとか、実は将来を誓った相手がいるという噂が流れたら気になる。恐らくそういう感じだろう。

どう説明するべきか。

月姫と幼なじみなのは事実だし、家を行き来していたというのも事実だ。実際、今日も後で来る予定だしな。

この話題は後でまたいろいろな奴から聞かれるだろう。風間も気にしていた様子だった。

いっそ噂を肯定するのはどうだろう。

結婚の約束については覚えていないが、それ以外は概ね事実なのだから否定したら嘘《うそ》になる。

下手に隠すよりは潔いし、変な目で見られなくて済む。

……というより、チャンスでは？

肯定した場合について考えてみると、あるメリットが浮かぶ。

噂を肯定すればこれまで男の影がなかった清廉潔白な月姫のイメージは崩れる。人気も急落するだろう。姫陥落もありえる。

そうなったら姫攻略生活は終わる。

「……」

と、そこまで考えたもののリスクは高い。

幼なじみと認めるのはいいが、結婚の約束については覚えちゃいない。この噂が月姫ではなく別の奴が流したものだったら全部終わりだ。

噂を肯定した後、あいつに恋人がいると発覚すれば俺は噂を利用して月姫を奪おうとした最低野郎にされるかもしれない。

もっとも、その場合は月姫に彼氏がいると多くの生徒が知るわけだ。繰り上げで彩音が姫になれる可能性が高い。

「……観念して喋ってください」

「さあ、教えてくれ」

追い詰められたその時だった。

「あっ、ゆう君見っけ！」

声と共に月姫が入ってきた。この時ばかりは月姫が本物の聖女様に見えてしまった。

教室に入ってきた月姫は真っすぐ俺のほうに歩いてきた。その途中で、俺と対峙《たいじ》する二人の存在に気付いた。

「あれ、不知火さんと氷川さんの妹さんだよね。お取り込み中だったかな？」

月姫は俺と二人を見比べる。

「違うぞ。偶然会っただけだっ！」

「へえ、偶然ね」

空き教室で偶然は無理があったか。しかしここは力で誤魔化す。

「それより、月姫は俺を捜してたのか？」

「放課後の打ち合わせだよ。どこの教科からやっていこうかなって」

勉強する教科の話か。

確かに打ち合わせをしておいたほうがいいだろうな。勉強する教科を絞ったほうが効率が良さそうだ。

わざわざ昼休みに来てくれたのは月姫なりの配慮だろうか。教室で話されるよりは誰もいない空き教室のほうがいい。

配慮はありがたいのだが、タイミングが悪かった。せめて俺一人の時に来てほしかった。花音と不知火が黙ってこっちを見ている。口を挟まないのは常識をわきまえているからだろうか。

「順番は任せる」

「わかった。それじゃ、私が教えやすい教科からいくね」

「よろしくお願いします」

「任せてよ」

月姫が振りかえり、歩き出した。

「じゃ、後で行くからね。家で出迎えてくれなきゃ嫌だよ、ゆう君」

その発言の直後、わかりやすく空気が重くなった。

「……家？」

「家だって？」

花音と不知火が小さくつぶやいた言葉に、月姫は反応して足を止めた。

「うん。私とゆう君は家が近所で幼なじみなんだ。今日もこれからゆう君の家にお邪魔するんだよ。あっ、それから一緒に晩御飯も食べるんだ」

「待てっ、飯の話は聞いてないぞ！」

「さっき誘われたんだよ。ゆう君のお母さんに」

月姫はスマホをぶらぶらさせる。

俺の母親と連絡先の交換してたのか？

よく考えれば普通だったわ。うちの母親は月姫を自分の娘のように可愛がっている。俺達が疎遠になっている間も親交があり、夕食の時とか聞いてもいないのに月姫の近況とかを話して来るほどだ。

「……親公認」

「一緒に食事」

花音と不知火の表情が青ざめていた。

「あれ、もしかして二人は噂の真相をゆう君に聞きにきたのかな？」

そう言った月姫は笑みを浮かべる。

「あの噂なら本当だよ。私とゆう君は幼なじみで、お互いの家に何度も行き来してるんだ。昔は一緒にお風呂《ふろ》とか入ったんだから」

「っ、子供の頃の話だろっ！」

月姫の言葉に二人はぎろりと俺を見る。

これに関しては事実だ。事実だが、幼稚園とかその辺の頃の話だ。記憶の片隅のほうに残っている程度でしかない。

月姫の奴、どういうつもりだ。

恨み言でも言ってやろうと月姫の顔を見たが、くすくすと笑っていた。その笑顔はまるっきり聖女らしくない黒い笑みだった。

「ふふっ、これで目的完了……それじゃ、また後でね。ゆう君」

鼻歌を口ずさみながら月姫が出ていった。

あれ？

月姫が出ていった扉を眺めていると、一瞬だけ土屋と氷川の姿が映ったような気がした。

見間違いだよな。あいつ等はそこまで関係が深くないはずだ。

「……家、公認、お風呂」

「か、家族で楽しくご飯を食べる。お風呂で洗いっこ」

外にばかり気を取られていたら、ぶつぶつと声が聞こえてきた。

このままだとやばいな。早いとこ教室に戻るか。

この場から離れようと動き出す。

「待って！」

「そうだよ。まだ話は終わっていない！」

摑《つか》みかかられそうな勢いだったので、走って扉まで向かう。

「もうすぐ午後の授業が始まる時間だ。じゃあな！」

俺は逃げるようにその場を後にした。背後から強烈な気配を感じたが、一度も振り向かずに教室まで逃げ切った。


家のインターホンが鳴った。

出迎えた母親と来客の喋る声が二階まで聞こえる。母親のテンションがわかりやすく上がっているので間違いなく相手は月姫だ。

「急展開だよな。明日が怖い」

放課後、俺はダッシュで学校から帰宅した。

下校時刻になる頃には例の噂は全校生徒が知るところになっていた。質問されるのが面倒なので急いで逃げた。

でも、いくら相手が総選挙一位とはいえ情報の回りが早すぎるだろ。まるで誰かが意図的に流しているようだ。

玄関で行われていた会話がようやく終わったらしく、階段を上る音がする。足音がぴたりと止まり、ノック音が響く。

「どうぞ」

「お邪魔します」

月姫が入ってきた。

私服姿を久しぶりに見た。白い長袖《ながそで》のシャツに黒いスカートのモノトーンコーデだ。肩にかけたふわふわのショルダーバッグがとても可愛らしかった。

勉強会だよな？

妙に気合が入っているというか、デートでもするかのようなお洒落具合じゃねえか。もう少しラフな格好で来ればいいのに。うっすらと化粧してるみたいだし。

「ゆう君の部屋だ。懐かしいな」

月姫が部屋に来るのは何年ぶりだろう。昔はよくこの部屋でゲームしたり、マンガを読んだり、勉強したりしたものだ。

「あっ、フィギュアだ」

まずい、隠してなかった。

あの頃との大きな違いはこれだ。自分の世界に閉じこもってからハマったアニメやらゲームなどのグッズが部屋にある。おまけに露出高めの美少女グッズばかり。

「こうして見ると結構可愛いね」

月姫はグッズを見ても引かなかった。それどころか興味を示していた。

この辺りも彩音とは違う。このグッズの価値がわかるとはさすがは聖女と謳われるだけはある。

そういえば、月姫は昔からマンガとか好きだったな。

しばし部屋の中を見回すと、月姫はテーブルの前に座った。

「今日はよろしくね」

「それは俺のセリフだ。よろしく頼む」

「任せといてよ。頑張って教えちゃうから」

気合が入っているのはいいが、その前にどうしても聞きたいことがある。

「勉強の前に聞きたい。今朝《けさ》、声をかけてきた理由を教えてくれ」

数年ぶりに会話をした。それだけでも驚きなのに月姫はわざわざ朝迎えにきた。この点だけは理由を聞いておきたい。

勉強会にしてもそうだ。思い返してみれば結構強引《ごういん》だった気がする。

「ダメだった？」

「別にダメじゃないけど、急だったからさ」

「そうだね。どうしてって言われると難しいけど、きっかけがあったからかな」

「きっかけって？」

月姫は人差し指を口に当てた。

「秘密だよ」

はぐらかされてしまった。

「さっ、早速勉強しよ」

「……だな。勉強するか」

聞きたいことは多々あるし、言いたいこともあるが後にしよう。どうせ月姫は夕飯を食べてくわけだし。

勉強開始から一時間ほどが経過した。

集中力が少しずつ切れかかっていた時、玄関の扉が開いた。階段をどたどた上がる音が聞こえると、ノックもなしに部屋の扉が開いた。

「ちょっと、兄貴。あの噂だけど――」

彩音が固まった。

「お邪魔してるね、彩音ちゃん」

月姫の登場に彩音は「えっ」と驚きの声を漏《も》らした。こいつが本気で混乱してるのを見るのは久しぶりだ。

「ど、どうして月姉がここに？」

「ゆう君と勉強会するためだよ」

彩音はテーブルに目を向ける。テーブルの上には教科書やらノートが開かれている。

「仲直りしたの？」

「元々ケンカなんかしてないよ。ねえ、ゆう君」

話を振られた俺はこくりと頷く。

「ケンカはしてなかったな」

気まずい関係ではあったが、ケンカはしてない。そこは間違いない。

「そうなの？」

彩音の奴は俺達がケンカでもしたと思ってたのか。疎遠になった理由を言っていなかったので、ケンカして疎遠になったと考えるのは自然だろう。

「てっきり兄貴が我慢できず襲い掛かったと思ってた」

マジで失礼な奴だな。

「あっちいけよ。こっちは見ての通り勉強中だ」

「ゴメンね。後でいっぱい喋ろうね」

追い出そうとしたが、彩音は小首をかしげる。

「後でって？」

「月姫は夕飯を食ってくらしい」

「ホント⁉」

「うん、ごちそうになるよ」

「というわけだ。ほら、勉強の邪魔になるだろ」

最後まで混乱状態のまま、彩音は扉を閉めて自分の部屋に向かって行った。

「相変わらず仲いいね、ゆう君と彩音ちゃんは」

「全然良くない」

「ふふっ、羨ましい」

馬鹿言いやがって。あいつと仲良しのわけないだろ。

彩音の出現後、少しだけ休憩して再び勉強を始めた。そのまま集中していると、夕飯の時間になった。


「月姉は大きくなったね」

「努力してるから」

「あたしは全然大きくならないよ」

「彩音ちゃんはそのままで良いんだよ。むしろ需要高いと思うよ」

乙女らしい会話なのか、あるいは残念な会話なのか判断しにくい会話が目の前で繰り広げられている。

夕飯を食べた後、部屋に戻ってきた。そこまではいいのだが、何故か彩音まで一緒だ。

数年ぶりにやってきた月姫を我が家は大歓迎した。話は盛り上がり、俺の部屋でお喋りの続きが行われる運びとなった。

数年ぶりだしな。

俺と月姫が疎遠になっていたので家には来なかった。もしかしたら彩音は寂《さび》しかったのかもしれない。姉のように慕っていたし、案外こうなることを願っていたのかもしれない。

「でも、よく保存してたね」

「趣味だからね」

現在、二人はスマホの画像を見ながら思い出話に花を咲かせていた。

月姫は昔からスマホに思い出を保存する癖《くせ》があった。俺も何回か一緒に撮影した。

「あっ、イケメン発見！」

彩音が画像を見ながら言った。

「この人って確か同じ中学だったよね。前に月姉と一緒にいるとこ見たよ」

「私と？」

「うん。ちょっと噂になってたよ。月姉の彼氏じゃないかって。兄貴も知ってるでしょ？」

呼ばれたので画像を確認する。

「っ」

映っていたのは中学時代に月姫の彼氏と噂になったイケメンの先輩だった。

思わぬ不意打ちに心臓がビクッと跳ねた。

「残念だけど、その人は従姉《いとこ》の彼氏なんだ」

「えっ？」

月姫の彼氏じゃなかったのか？

「月姉の従姉って？」

「一つ年上に仲のいい従姉がいるの。一人っ子の私にとってはお姉ちゃんみたいな人だよ。小学校も中学校も違うから、ゆう君と彩音ちゃんは会ったことないけど」

初耳だ。

「でね、その先輩は私の従姉に惚れてたんだ。部活の大会で出会って一目惚れしたみたい。私の従姉だと知って相談されたんだ。どうしてもってお願いされたからアドバイスしたの。プレゼント選びまで付き合わされて大変だったよ」

プレゼント選びって、もしかして俺が見たショッピングはそれだったのか？

あの時、イケメンと楽しそうに歩く月姫を見て勝手に負けたと俺は逃げ出した。その後も真相を聞くのが怖くて何も聞かずに距離を置いた。

「このイケメンと従姉は上手《うま》くいったの？」

「大成功だったよ。一緒に勉強して、今は同じ高校通ってる。一緒の大学目指してるみたいだね。ベストカップルって噂になってるよ」

マジかよ。

数年越しに真実を知り、自分の感情がぐちゃぐちゃになった。

「あっ、噂といえば兄貴と月姉の話が広がってたよね。いきなりだったから驚いたけど、あれって大丈夫なの？」

　彩音は流れで聞いた。

「あれね。情報を流したのは私だよ」

「え、月姉が流したの？」

　やっぱりおまえが犯人だったのか。

「今日からここに来ることになったから広めたの。ほら、後で知られるよりは先に言っておいたほうがいいかなって。変に騒がれると嫌だから」

「その言い方だと……また来てくれるの？」

「勉強教えるのに一日で終わるわけないよ。人に見られたら変な噂になりそうだから、先に教えておこうと思ったの」

　なるほどな。思惑を聞けば納得できる。

　あれ、でも勉強会は継続なのか。

　初耳であったが、俺としてはありがたい。今日勉強してみてわかったが、予想以上に自分の学力が低下しているのがわかった。

「月姉って人気者でしょ。大丈夫なの？」

「ゆう君が守ってくれるからね」

「兄貴じゃ頼りないでしょ」

おまえだけは何があっても絶対に守らないから安心しろ。

「あ、あのね、良かったらあたしにも勉強教えてくれないかな？」

「いいよ、一緒に面倒みてあげる」

「やった！」

彩音も勉強がやばかったらしく、手放しで喜んでいた。こうして見てると本当の姉妹みたいだ。

月姫が来ると知った時はどうなるか心配したが、何だか昔に戻った気がして今日は居心地が良かった。関係を修復できた喜びもあるのだろう。

明日からの学校生活については、考えないようにしよう。

翌日、登校した俺は窮地に陥《おちい》っていた。

「で、どういうことなの？」

「……説明求む」

「さあ、教えてくれたまえ」

登校した俺を待っていたのは笑みを浮かべた三人の姫だった。席に座った瞬間に登場し、絶対に逃げられないよう包囲された。

数日前にも似たように詰められた気がするのだが。

クラスメイトの風間幸奈《ゆきな》は八重歯をちらりと覗《のぞ》かせるチャーミングな笑顔だった。

後輩の氷川花音は精巧なビスクドールの上に貼《は》りつけたような笑顔だった。

同志である不知火翼は王子様が見せるような爽《さわ》やかなイケメンな笑顔だった。

クラスメイトは静かに息を潜めている。聞き耳を立て、情報を仕入れようと必死だ。

「えっと……何のことでしょうか？」

俺はすっとぼけながら顔色を窺《うかが》う。

「決まってるでしょ。例の噂よ」

代表して風間が答える。猫を被っているはずだが、口調が荒くなっている。

噂は俺と月姫が幼なじみというものだ。

あれは月姫が流していたと判明した。流した理由はあの勉強会であり、今後も勉強会を開催するつもりだったので、もし誰かに見られた時に周囲からあれこれ詮索されないように流したらしい。

要するに事前防衛だ。

先を見据えた素晴らしい動きではあるが、せめて俺に言っておいてほしかった。

ここまできたら噂を否定しても仕方ない。俺としても中間テストでいい点数は取りたいし、あいつとまた疎遠になるのも避けたい。ここはきっぱりと言っておくべきだろう。

「あの噂なら全部事実だ」

迷いなく言い切った。

「「「っ⁉」」」

俺が答えると、三人の顔色が変わった。

聞き耳を立てていたクラスメイトもざわざわしている。男子からは驚きというより絶望に満ちたうめき声がする。

いくら相手が聖女様といっても異性の幼なじみがいるくらい大した問題じゃないだろ。他の姫だって子供の頃は男子と鬼ごっこしたり、一緒にどこかに遊びに出かけた経験くらいあるだろうし。

大体、幼なじみといってもそこまで関係が深くないのはこれまでの生活で理解できるだろ。高校二年の二学期まで距離があったのに――

「本当に結婚するの？」

「えっ」

今度は俺のほうが驚いた。

これまた油断していた。俺はすっかり忘れていた。

月姫に彼氏がいなかったことや、数年ぶりに楽しく過ごしたことで浮かれていた。例の噂で最も重要な部分である「結婚の約束をした」を完全に忘れていたのだ。

さすがにこれは訂正しないと。

慌てて訂正しようとした時、クラスメイトのざわめきが大きくなった。その原因は教室に入ってきた二人の生徒にあった。

「ほら、言ったとおりでしょ」

「わたくしもばっちり聞いたわよ」

包囲の一角を崩すようにして二人の姫が乱入してきた。どちらの顔にも満面のスマイルがあった。

友人である土屋美鈴は喜びを堪《こら》えきれないといった満点スマイル。

同盟相手である氷川亜里沙はクールに装いながら不敵なスマイル。

どうしてこいつ等までここに？

「佑真君と宵闇さんは将来を誓った仲なんだよ」

「幼なじみ同士の恋愛とか素敵ね」

おい、勝手なこと言うな。

気まずい関係からは脱却したが、結婚とか将来を誓ったとかはない。少なくとも俺は覚えていないぞ。

「っ、美鈴」

「お姉ちゃん」

不知火と花音は二人の登場に驚いている。

その中にあって風間だけは冷静だった。ぎろっとした目で俺を見た後で、息を吐いた。

「……最近一緒にいるのが多いと思ったら、そういう感じだったんだ。ただでさえ難易度高いのに完全なクソゲーにしてくれちゃってさ」

風間は小さく舌打ちした。

その様子は気になったが、今は結婚云々の件を否定するのが先決だ。このまま変な噂が広がったらまずい。

「待て、あの噂は――」

訂正しようと声を発した瞬間、教室内のどよめきが最高潮に達した。

理由は簡単だ。

「うわっ、凄い雰囲気だね」

最後の姫が登場したからだ。

聖女らしいといえばいいのか、慈愛に満ちた表情をしていた。何年も見ていたのに思わず見惚《みと》れてしまう程だ。

月姫はゆったりと歩いて来ると、俺の隣に立った。これで俺の席は周囲すべてが姫に囲まれるという凄《すさ》まじい光景となった。

「おい見ろ、姫が揃《そろ》い踏みだぞ」

「初めて見た」

「絵になるわね」

「中央の彼だけが邪魔だね」

聞こえてるぞ、そこの眼鏡《めがね》君。

しかしまさか姫ヶ咲学園の誇る姫が一堂に会する機会が訪れるとは、おまけにその集まった場所が俺の席を取り囲む形とか何の冗談だよ。

現実感のない今の状況に唸《うな》っていると。

「私は用事を済ませにきただけだから気にしないで。本当なら到着する前に渡す予定だったんだけど、今日は彩音ちゃんとお喋りしてたから渡しそびれちゃった」

ちなみに今朝、月姫がまた家にやってきた。今日は俺ではなく彩音と共に登校した。どうやら昨日の話し合いで関係が前のように戻ったらしく、姉妹のように仲睦まじい姿で登校したのだ。

月姫は手に持っていた物を俺の机の上に置いた。

「はい、ゆう君」

「これは？」

「お弁当だよ」

「……誰の？」

「ゆう君のだよ。朝、早起きして作ってきたんだ」

月姫の料理を食べるのは小学生以来だ。あの時は料理らしい料理ではなく、目玉焼きとかその辺だったけど。

「その目は信用してないな～。これでも昔よりは成長したんだよ？　好みに合えばいいけど」

そう言って照れ笑いする姿はやっぱり可愛かった。

「うわっ、見せつけてきた」

「……手作りのお弁当」

「こ、これはまた強烈な攻撃だね」

三人の姫が口々に漏らす。

月姫はその反応を確認してから、三人に向けて慈愛に満ちた顔で微笑む。

「あっ、最近ゆう君と知り合ったんだよね？　私のゆう君がお世話になってます」

聖女らしい表情のまま軽く会釈する。顔や行動とは裏腹に攻撃的な印象を受けたのは多分間違いないだろう。

その言葉を皮切りに空気が重くなる。いつの間にか風間と不知火と花音の表情からは笑顔が消えていた。どれくらいの時間の沈黙があっただろう。体感では数時間にも感じる重くて嫌な沈黙だ。

重苦しい空気を切り裂いたのはチャイムだった。

「あの、そろそろ戻ったほうがいいぞ」

俺は噂の否定も忘れ、とにかくこの場を収めたくてそう言った。

「そうだね。行こう、翼ちゃん」

「授業に遅れてしまうわよ、花音ちゃん」

親友と姉に促され、不知火と花音は動き出す。風間は黙って隣の席に座った。

騒ぎの収束を悟ったのか、いつの間にか集まって来ていた野次馬が戻っていく。俺に対して殺意を向けた者もいたが、きっと気のせいだろう。そう信じたい。

「おい、月姫も教室に戻ったほうがいいぞ」

「……」

去っていく二人と、席に座った風間に向けて月姫は小さく口を開いた。

「だか……指をくわえ……様?」

笑顔で何かつぶやいた。

小声だったので内容が聞き取れなかった。

「何か言ったか?」

「ううん、何でもないよ」

「……そっか」

「じゃ、私も教室に戻るね。また後で」

「おう。弁当ありがとな」

感謝の言葉を述べると、月姫は満足したように去っていった。

まずい事態になったな。ちゃんと噂の訂正はしないとな。てか、結婚の約束ってホントにしたんだっけな。ひとまず騒ぎは収まったからそっちの問題は後で解決するか。

騒ぎは収まったと安堵《あんど》したが、鳴り響くチャイムの音が何故か戦いの開始を告げるゴングのように思えた。

学園の姫攻略始めたら修羅場になってた件

gakuen no himekouryaku hajimetara
shuraba ni natteta ken

かわいさん
イラスト●うなさか

author / kawaisan
illustration / unasaka

姫ヶ咲学園
総選挙
第6位
氷《ひ》川《かわ》亜《あ》里《り》沙《さ》
第7位
神《かん》原《ばら》彩《あや》音《ね》

第4位
風間《かざま》幸奈《ゆきな》
第5位
不知火《しらぬい》翼《つばさ》

第3位
土屋《つちや》美鈴《みすず》
第2位
氷川《ひかわ》花音《かのん》

第1位
宵《よい》闇《やみ》月《つき》姫《ひ》

閑話　聖女の独り言

私には昔から好きな男の子がいる。

幼なじみの神原佑真《かんばらゆうま》君――ゆう君だ。

恋心を持ったきっかけはもう覚えていない。家が近所で、お母さん同士が友達だったから幼い頃から一緒にいるのが当たり前だった。最初は兄妹みたいな感じだったけど、小学生を卒業する頃には恋心に変化していた。

中学生になると周囲が恋愛に興味を持ち始めた。私も友達から話を振られ、次第にゆう君と付き合いたいと思うようになった。

でも、当時の私は勇気がなかった。

何となく告白は男の子からするものだと思っていたから、その日が来るのを信じて待っていた。幸いにも自分の容姿が恵まれているとわかっていたので期待していた。

何もせず待っていたわけじゃない。

ゆう君が目移りしないように努力した。美人だった一つ上の従姉《いとこ》と会わせないように彼女の存在を隠し、私の友達にも興味を持たないよう情報を操作した。

いくら待っても私達の関係は発展しなかった。

興味を持ってもらうため別の角度からのアプローチもした。わざと冷たい態度で突き放したり、逆にボディタッチを増やしてみたりしてみた。しかし思うような効果はなかった。

ある日、従姉に惚《ほ》れている先輩に相談を持ちかけられた。

その先輩は部活の大会で従姉に一目惚れしたらしい。従姉との会話の中で私を知り、従姉にプレゼントしたいからと相談を持ちかけてきた。執念が凄くてちょっと引いたけど、その熱意と行動力は素直に尊敬した。

尊敬しながらも、私は何もできなかった。

時間だけが流れた。その中で変化があった。ゆう君との距離が少しずつ離れていったのだ。話を振っても返事が適当になり、誘っても理由をつけて断られた。

どうして？

疑問の答えはすぐに出た。ゆう君はある女に夢中になっていた。長年見ていたからわかるけど、明らかに好意を寄せていた。

女の名前は土屋美鈴《つちやみすず》。

通っていた中学校で一番人気のある子だった。顔もスタイルも性格も良くて、女として敵《かな》わないと思っていた相手だった。

私は土屋さんに負けた。

男子と喋《しゃべ》らない土屋さんだったけど、ゆう君とだけは楽しそうにお喋りしていた。私はそこで悟ってしまった。

勇気がなくて聞けなかったけど、何となく二人が付き合ったのがわかった。

こうして私の初恋は終わ……っていなかった。

負けヒロインになった私はそれでもこの初恋を諦《あきら》めきれなかった。ゆう君が好きになった土屋さんを目指した。

見た目も口調も彼女の真似をした。髪を伸ばし、性格も寄せていった。胸だけはどうにもならなかったけど、それ以外のすべてを真似した。彼女は男子とあまりお喋りするタイプではなかったので、私もなるべく男子と喋らないようにした。

ゆう君のことはずっと好きだった。

だけど、ゆう君の幸せを壊したくなかったので遠くから見守った。妹のように可愛《かわい》がっていた彩音《あやね》ちゃんと会ったら家に誘われるかもしれない。そうなったらゆう君に会って辛《つら》い思いをするのがわかったので、神原家に近寄らないようにした。

二人が別れた時にアタックしよう。私が土屋さんの代わりになる。

そんな風に思って生活していた。二人が姫ヶ咲《ひめがさき》学園に進学すると知り、私も迷わず姫ヶ咲を受験した。

姫ヶ咲学園では人気投票の総選挙があり、私は一位になった。

驚いたのは土屋さんが三位にいたことだ。

あいつ、ゆう君と付き合ってるくせに姫になったの？

もしかして、別れた？

勇気がなくて聞けなかった。時間だけが流れた。

私は未練がましくもこっそりゆう君を追いかけていた。バイトしている店を調べたり、成績を確認したり、情報収集は欠かさなかった。

高校生になって二回目の夏休みも何事もなく終わった。退屈な九月が終わり、季節は十月を迎えた。

このまま何もなく時間が経過していくんだと悲しくなっていたある日。

階段を歩いていると、ゆう君と土屋さんが廊下で喋っている場面に遭遇した。すぐに逃げ出そうとしたけど、そこで偶然聞いてしまった。

「教えたくないなら仕方ないか。あっ、氷川《ひかわ》さんに関《かか》わることは力になれないけど、それ以外なら何でも相談してね。友達として出来る範囲の協力はするから」

えっ？

「任せて。これでも友達思いなんだから。じゃ、翼《つばさ》ちゃんが待ってるから行くね」

友達？　この二人は付き合ってない？

会話を聞いた私は激しく動揺した。もし、この二人が付き合ってなかったら私は何年も無駄な時間を過ごしてきたことになる。

翌日、我慢できなくなった私は勇気を出して土屋さんを呼び出した。

「ゆう君……神原佑真君とは付き合ってないの？」

私の言葉に土屋さんは驚愕《きょうがく》していた。

「付き合ってないよ」

「い、一度も？」

「うん、付き合ってないよ。佑真君には相談に乗ってもらってただけで、ただの友達だから。恋愛感情はないかな」

喜びと同時に激しく後悔した。勇気を出して聞いておけば良かった。無駄な数年を過ごしてしまった。

私が絶望していると。

「もしかして、宵闇《よいやみ》さんって佑真君が好きなの？」

「……好き、好きだよ！」

勇気を出してそう言うと、土屋さんが私の手を握った。

「全力で応援するね！」

「えっ？」

予想外の言葉だった。

「仲間が欲しかったの！」

「仲間？」

「宵闇さんが言ってくれたから、わたしも言うね。実はわたしには好きな人がいるの。でね、その子が佑真君に惚れてるみたいなの」

これまたショックだった。

予想外の展開に私の頭は混乱した。

あれ、でもそれだとおかしい。土屋さんが好きな相手がゆう君に惚れる意味がわからない。だって男同士になっちゃうから。

私はある可能性にたどり着いた。

「もしかして、土屋さんの好きな相手は不知火《しらぬい》さんだったりするの？」

半信半疑で尋ねる。土屋さんが最も親しくしている相手は他にいないから。

肯定が返ってきた。

「……そういうことだったの」

同性だよね、と言いかけてグッと堪《こら》えた。

土屋さんの顔を見ればどれだけ本気で言ってくれたかわかったからだ。彼女は本気で不知火さんに惚れている。

「協力してほしいの。わたしは佑真君とあなたをくっ付けるのを手伝う。そうすれば翼ちゃんは佑真君を諦めるはず。宵闇さんにとってもそれは理想的でしょ？」

私の理想はゆう君の恋人になること。

「わかった。協力——」

その時、教室の扉が開いた。

「話は聞かせてもらったわ。少しいいかしら？」

教室に入ってきたのは想定外の人物だった。姫ヶ咲の生徒会長であり、孤高の女王である氷川亜里沙《ありさ》さんだ。

会話を盗み聞いていた氷川さんに私と土屋さんが鋭い視線を向ける。

「いいえ、違うの。わたくしはあなた達に協力したいのよ。盗み聞きしたことを謝罪するのが先というのなら謝罪から入ります」

氷川さんは丁寧に頭を下げた。そして、事情を話し始めた。

「実は、わたくしの妹も彼に惚れているみたいなの」

衝撃的な言葉を発した。

またライバル出現。しかも相手は一年生で姫になった凄く可愛い子。

「でも、わたくし思うのよ。花音《かのん》ちゃんに恋人は早いって。むしろ、あの子に恋人なんていらないんじゃないかって。花音ちゃんが男と付き合うとかありえない。というか、花音ちゃんがあの男と何かしてるのを想像するだけで吐き気がするの」

氷川さんがシスコンだと一瞬で理解した。

「とにかく、宵闇さん達に協力させてほしいの。あなたと神原佑真が恋人になれば、花音ちゃんも諦めると思うの。これはお互いにメリットがあるでしょう。この提案、どうかしら？」

返事は言うまでもない。私達は手を取り合った。

ここに〝ビッグ3同盟〟が結成された。

ゆう君がフリーと発覚し、一緒の目的を持つ仲間が出来た。

受け身がダメなのは知っている。大体、私が少し勇気を出していれば数年も無駄にする必要はなかった。もっと早く恋人になって、イチャイチャ出来たかもしれない。

私は攻勢に出た。

悔いは残るけど、まだ取り返せる。

私はゆう君の家に押しかけた。驚いた様子だったけど、嫌な顔せずにお喋りしてくれた。前のように受け身ではなく、強引《ごういん》に勉強会の約束を取り付けた。

それと同時に土屋さんと氷川さんに情報の拡散をお願いした。どちらも笑顔で協力してくれた。内容は私とゆう君が幼なじみで、将来を誓った仲だというもの。

前半は真実だけど、後半は嘘《うそ》だ。

結婚の約束はしていない。でも、噂を流して既成事実にすればいい。ゆう君を狙《ねら》っている女も諦めるかもしれない。

憎々しい相手だった土屋さんと連絡先を交換して、手を取り合う日が来るなんて夢にも思わなかった。でも、味方になった彼女は頼もしく見えた。

そして、勉強会を終えた翌日の朝。

噂はすっかり広まり、登校したゆう君は姫に囲まれていた。土屋さんと氷川さんは仲間だから、囲っている残り半分の姫はゆう君を狙っている女だろう。そうでなければゆう君に詰め寄る意味はない。

意外だったのは風間《かざま》さんだ。彼女までライバルだったのは驚いた。でも、相手が誰《だれ》であろうと関係ない。

「お弁当だよ」

「……誰の？」

「ゆう君のだよ。朝、早起きして作ってきたんだよ」

皆が見ている前で堂々とお弁当を渡して親密さをアピールした。

……ふふふっ、まるで昔の自分みたい。

三人の姫の顔を確認する。その表情は以前の私とそっくりだった。目の前で意中の人が他の女と仲良くしてるのに何も言えないところまで瓜二つ。

私にはわかる。自分の可愛さにかまけて待ちの姿勢を取ってしまう気持ち。いつか告白してくれると、白馬に乗った王子様が迎えに来てくれると本気で信じている。そう、以前の私みたいに。

長期戦で戦えばいつか振り向いてもらえると思った？

甘い、甘すぎる。

私は一度負けた。負けて知った。恋愛は早い者勝ちだと。

当時はそれが理解できず、枕《まくら》を濡《ぬ》らす日々を送った。土屋さんを逆恨みし、何度も呪《のろ》いの言葉をプレゼントしていた。あんな日々は二度とゴメンだ。

可愛いお姫様が王子様を待つ物語？

違う。これは一度失敗してすべてを失った元お姫様が、自分の足で王子様を迎えにいって幸せをつかみ取る物語。

今の私に姫の称号はもう必要ない。この称号は可愛いあなた達が持っていればいい。そう、次の王子様が現れるまで。

「だから、指くわえて私が幸せになるところ見ててね、お姫様？」

私は小さくつぶやいた。

「何か言ったか？」

「ううん、何でもないよ」

「……そっか」

「じゃ、私も教室行くね。また後で」

「おう。弁当ありがとな」

感謝の言葉に嬉《うれ》しくなった私は自分の教室に向けて歩き出す。鳴り響くチャイムは私とゆう君の未来を祝福する鐘の音に聞こえた。

あとがき

初めまして、かわいさんと申します。

姫修羅、お楽しみいただけたでしょうか。

本作は美少女が繰り広げるバチバチ&ドロドロな修羅場を目指して書いた作品です。今のところ目標通りに書けているかなと思います。

こちらの作品はウェブに掲載されているものを加筆修正して本にした形ですが、一巻ではヒロインの紹介が主となっています。まだまだ修羅場感が足りない感じですかね。

ここから更に激しくなっていく予定です。

さて、本作では姫の称号を持つ美少女が複数人登場するわけですが、イラストのおかげで姫の魅力がグンと上がっています。

イラストレーターのうなさか先生、素晴らしいイラストの数々ありがとうございます。どのキャラも非常に可愛くて魅力的です。

最後になりますが、お世話になった皆様にお礼と感謝を。

作品を出版するにあたってご尽力いただいた担当編集者様、ＧＡ文庫編集部の皆様、うなさか先生、印刷所の方々、そして本書を手に取っていただいた皆様、ありがとうございます。

次巻でお会いできることを祈っております。

ファンレター、作品の
ご感想をお待ちしています

〈あて先〉

〒105-0001
東京都港区虎ノ門2-2-1
SBクリエイティブ（株）
GA文庫編集部 気付

「かわいさん先生」係
「うなさか先生」係

本書に関するご意見・ご感想は
右のQRコードよりお寄せください。

※アクセスの際や登録時に発生する通信費等はご負担ください。

https://ga.sbcr.jp/

学園の姫攻略始めたら修羅場になってた件

発　行　　2024年12月31日　初版第一刷発行

著　者　　かわいさん
発行者　　出井貴完

発行所　　SBクリエイティブ株式会社
〒105-0001
東京都港区虎ノ門2-2-1

装　丁　　木村デザイン・ラボ

印刷・製本　中央精版印刷株式会社

ISBN978-4-8156-2696-9
Printed in Japan　GA文庫

第18回 GA文庫大賞
GA文庫では10代～20代のライトノベル読者に向けた魅力溢れるエンターテインメント作品を募集します！
創造が、現実《リアル》を超える。
イラスト／りいちゅ
大賞賞金300万円＋コミカライズ確約！
◆募集内容◆
広義のエンターテインメント小説（ファンタジー、ラブコメ、学園など）で、日本語で書かれた未発表のオリジナル作品を募集します。希望者全員に評価シートを送付します。
※入賞作は当社にて刊行いたします。詳しくは募集要項をご確認下さい。
全入賞作品を刊行までサポート!!
応募の詳細はGA文庫公式ホームページにて
https://ga.sbcr.jp/